AF407282

Sarah-Lyne ISHIKAWA

Lié à un Yakuza

Roman

Shonen ai

Deuxième édition :

© M-F-P, 2016, Prémery, France

© couverture IA canva

Pour la présente édition :

© Sarah-Lyne Ishikawa

ISBN : 979-1095309130

AVERTISSEMENT

Ce récit est une histoire du type shōnen ai. C'est un terme utilisé au Japon pour désigner un type de manga. C'est-à-dire de la romance entre hommes sans scènes explicites. Je l'ai simplement adapté à un roman.

Ce récit est une pure fiction. Toutes ressemblances avec des personnages connus ou des faits similaires seraient purement fortuites.

À Typhaine,

Je sais que ce récit est ton préféré…

« A l'origine, je ne souhaitais pas participer à cette sortie… Si j'avais su que ce jour allait changer ma vie à tout jamais… »

Kimura regardait son verre vide avec un certain dégoût. Il n'avait pas compté la quantité qu'il avait dû ingurgiter depuis son arrivée dans ce bar. Ou plutôt qu'on lui avait obligé de boire ce soir-là. Mais il sentait déjà que cela lui chauffait grandement dans sa tête. D'ailleurs, celle-ci devenait de plus en plus lourde… Et tout devenait trouble devant lui. Il n'arrivait même plus à reconnaître ses camarades de beuverie.

— Allez ! Encore un autre ! cria Miura à l'un de ses voisins en lui tendant une nouvelle fois la bouteille.

— Non, sans façon. Je crois que je suis suffisamment éméché comme ça, répondit le jeune Kimura Sei.

— Allez ! On fête son diplôme qu'une fois dans sa vie ! cria un autre en levant une autre bouteille. C'est un jour unique à graver dans notre mémoire !

— Un seul dans ce cas, mais après je rentre chez moi.

— Cul sec ! cria son voisin de gauche en lui remplissant son verre à ras bord.

Kimura voulait vite en finir et retourner enfin chez lui. Il aurait aimé retrouver la chaleur agréable de son lit depuis longtemps. Cela faisait plus de douze heures qu'il était debout. Il n'en pouvait plus. De plus, il n'avait pas dormi de la nuit, probablement dû au stress de la remise des diplômes. Il était totalement exténué. Il but d'un trait le contenu de son verre pour en finir au plus vite, toussa à s'en décrocher la mâchoire sous les rires moqueurs de ses différents camarades.

— C'était quoi ça ? leur demanda-t-il en faisant la pire grimace qu'il n'ait jamais faite de sa vie.

Cela n'avait pas du tout le même goût que ce qu'il avait bu auparavant.

— Un mélange spécial de ma composition ! répondit fièrement l'un d'eux. Tu vas adorer la suite ! Après, on va aller voir quelques filles ! Faut bien dérouiller un peu la machinerie ! Ce soir, c'est notre fête ! Alors, on en profite !

Kimura n'était pas prêt pour ce genre de chose. Des filles ? Quelle idée ! Surtout dans leur état actuel ! Il n'avait jamais eu de petite amie et pensait qu'il n'en aurait jamais. Les filles ne l'avaient jamais intéressé et de toute façon, une fille ne s'intéressait certainement pas à un type comme lui. Un type qui avait peur de tout et qui stressait pour beaucoup de choses…. Il stressait tellement que parfois il lui arrivait même d'en faire des malaises. Ce handicap l'avait suivi pendant toute sa jeunesse et toute sa scolarité. Même s'il en faisait beaucoup moins maintenant, il savait que cela pouvait arriver n'importe où et n'importe quand. Le mettant bien souvent dans des situations parfois déroutantes et surtout honteuses, recevant la plupart du temps les moqueries de certains de ses camarades.

— Bon, je rentre ! dit-il en se levant et en titubant à travers la pièce.

Cette fois, il fallait en finir une bonne fois pour toutes.

Le sol ne semblait plus très stable et il avait la désagréable sensation de vouloir vomir. Si cela arrivait, il préférait de loin être seul.

— Quoi ? Déjà ! s'écria l'un de ses camarades, visiblement déçu. Tu ne veux pas aller t'amuser avec des filles ? Allez, on va s'éclater ! C'est un jour spécial !

— Sans façon, non.

— Ce que tu peux être coincé parfois !

— Tu es sûr que ça ira ? demanda Miura, son meilleur ami, visiblement inquiet.

Il n'avait jamais vu son ami dans un tel état. Il faut dire aussi que c'était bien la toute première fois qu'il sortait en groupe avec des camarades de classe.

— Oui, j'en ai déjà vu d'autres, mentit-il.

— OK, on fait un bout de chemin ensemble dans ce cas, répondit celui-ci en se levant en même temps que les autres.

Tout le groupe sortit dans la rue après avoir réglé leurs consommations. Ils étaient tous jeunes et fêtaient leurs diplômes de fin d'année de lycée. Certains allaient dorénavant continuer leurs études à la fac, d'autres iraient directement travailler. La plupart ne se reverraient probablement plus après. Excepté sans doute lors de soirées de rencontre d'anciens élèves.

Ils marchèrent un bon moment ensemble en riant et parlant assez fort malgré l'heure relativement tardive. Kimura se contentait de les suivre comme un automate, en titubant et trébuchant parfois. Il ne se sentait pas vraiment bien, mais ne voulait pas leur montrer. Ils se séparèrent finalement en plusieurs groupes quelques rues plus loin, après un dernier adieu pour certains. Kimura se retrouva totalement seul et s'engagea dans une autre rue. Il n'arrivait pas à se repérer dans ce quartier qu'il ne reconnaissait pas. Il se sentit totalement perdu. Il regrettait amèrement d'avoir accepté leur invitation. Il regrettait de ne pas avoir demandé à son ami Miura de l'accompagner.

Kimura se sentit encore plus mal soudainement et dut se mettre sur le côté pour souffler un peu. Il avait une désagréable sensation de va-et-vient à l'intérieur de son ventre et se demandait quand cela allait sortir. Pourvu qu'il n'y ait personne à ce moment-là. Il était déjà très tard et il n'y avait heureusement plus personne dans les environs. Il se trouvait bien imprudent d'agir ainsi, lui qui d'habitude était toujours rentré chez lui depuis longtemps à cette heure-là. Il regrettait amèrement de ne pas être parti bien plus tôt. Il observa les alentours en vain. Il ne se rappelait plus dans quel quartier il se trouvait, ni quelle rue prendre pour rentrer chez lui. Il était totalement perdu. Quelles idées avaient-ils eues de venir dans ce coin inconnu ! Il y avait d'autres bars beaucoup plus proches qui auraient tout aussi bien fait l'affaire ! De plus, puisqu'il faisait souvent des malaises lorsqu'il était trop angoissé, se retrouver seul dans cet état n'était vraiment pas prudent.

Il n'avait pas encore été consulté chez un médecin malgré l'insistance de certains de ses camarades ou amis. Il ne voulait pas admettre son état. Il pensait que cela passerait avec le temps. Ses malaises avaient certes diminué depuis qu'il avait déménagé, mais ils étaient pourtant toujours présents. Cela devenait parfois son pire cauchemar de sa vie.

Il reprit sa route lentement en tentant de décrypter les indications se trouvant sur les panneaux. Sa vue se troublait de plus en plus et il avait bien du mal à déchiffrer les inscriptions. Celles-ci semblaient danser devant lui, comme pour le narguer. Il repoussa l'une de ses mèches de cheveux qu'il n'avait pas coupées depuis fort longtemps et qui tombait constamment devant ses yeux. Il tourna finalement dans une autre rue. Il marcha ainsi pendant plus d'une heure avant de devoir de nouveau faire une longue pause. Il avait un peu de mal à respirer. Il tentait de reprendre son souffle lentement. Kimura souhaitait éviter d'avoir une de ses fameuses crises d'angoisse. Il avait tendance à paniquer d'abord et à agir ensuite. C'était comme ça. Il devait vivre avec.

Il entendit du bruit plus loin, mais n'y prêta pas vraiment attention. Il tenta d'y voir plus clair en allumant la lumière de son téléphone portable devant l'un des panneaux qui se présentait à lui. C'est là qu'il les aperçut droit devant lui, deux hommes tenaient en joue un autre avec visiblement une arme à feu. Kimura sursauta de peur. Ses mains se mirent à trembler fortement sur son portable et, sur le coup de la panique, ses doigts appuyèrent sur la fonction photographie en cascade. Son portable prit en photo le moment où les deux hommes abattirent l'inconnu d'une balle dans la tête. La rue étant plongée à demi dans le noir, le flash du portable s'était automatiquement mis en route. Les deux hommes se retournèrent aussitôt dans sa direction.

— Eh, toi ! lui crièrent-ils armes à la main.

Kimura passa du simple stress à une totale panique. Sa première réaction fut de s'enfuir en courant. Une balle lui frôla le bras. Il n'y prêta pas plus d'attention et continua de courir droit devant lui. Il entendit peu après le claquement des portières d'une voiture et le crissement habituel indiquant que celle-ci avait démarré rapidement.

— Merde ! cria-t-il. Je suis mort ! Je suis mort !

Kimura courut aussi vite qu'il put. Il trébucha et tomba à terre. Il se releva aussitôt et se remit à courir, ignorant l'écorchure qu'il venait de se faire au genou et la chaleur du sang qui coulait le long de sa jambe.

Il tenta de passer par des rues étroites, là où leur voiture ne pouvait pas circuler. Mais si lui ne savait pas où il se trouvait, eux en revanche semblaient parfaitement connaître les lieux, car il le retrouvait toujours un peu plus loin. Il courut encore et s'engagea dans une autre rue. Kimura se retrouva non loin d'un champ de courses.

— Mais où ai-je bien pu donc atterrir ? s'écria-t-il en tournant lentement sur lui-même.

Sa vue se troubla de nouveau. Il secoua la tête comme pour chasser le défaut de vision. Il ne se rappelait pas être déjà venu dans un tel lieu. Dans la panique, il s'était totalement perdu !

Il aperçut de nouveau la voiture arriver et s'arrêter en trombe derrière lui. Il se remit à courir. Les deux hommes sortirent du véhicule et partirent chacun de leur côté.

L'un d'eux lui courait après en parlant avec son portable. Il devait certainement donner sa position à son autre complice qui lui semblait avoir disparu.

— Ils vont me coincer ! se dit Kimura. Je n'ai aucune chance ! Ils vont me tuer ! Je suis perdu !

Il tourna dans une autre rue et soudain percuta de plein fouet l'autre homme qui venait à contresens. Il se retrouva sur le coup à terre, à moitié sonné.

L'homme le prit rapidement par le haut de son pull et le plaqua brutalement au mur.

— Alors quoi ? lui demanda-t-il en lui braquant son arme sur la tempe. Ça t'amuse de prendre des Yakuza en photo en plein travail ? Tu es fou ou tu es bien suicidaire ?

— Je ne l'ai pas fait exprès ! se défendit Kimura cette fois totalement terrorisé. Je ne l'ai pas voulu !

Son collègue les rejoignit peu après.

Le premier homme détourna la tête de dégoût, venant sans doute de sentir la forte odeur de l'alcool émanant du jeune homme.

— Ça te botte de prendre un Yakuza en photo pendant qu'il abat un de ses ennemis ? lui cria l'autre visiblement en colère.

— Je ne l'ai pas fait exprès ! répéta Kimura.

— Réjouis-toi ! Tu vas y voir en direct ! Car toi aussi tu vas subir le même sort !

— Eh, attends ! s'écria soudain son collègue en décrochant un sourire et en dégageant la mèche rebelle du visage de Kimura avec son arme et observant le visage de celui-ci. On peut peut-être s'amuser avec lui d'abord. Il mérite une punition, tu ne trouves pas ?

Il lui caressa quelques mèches de cheveux et son visage avec son arme. Kimura tourna la tête totalement effrayé et dégoûté.

— Tu ne trouves pas qu'il est plutôt mignon dans son genre ? Il semble jeune et visiblement inexpérimenté !

— C'est vrai, t'as raison ! Il doit certainement être vierge en plus. Ce serait vraiment dommage de rater ça !

— Ce sera mieux que d'aller dans ce club ce soir ! On plus, on ne l'aura rien que pour nous !

— Faudra peut-être le laver d'abord, il empeste l'alcool !

Le cœur de Kimura se mit à battre de plus en plus vite. Il les regarda avec terreur en se demandant s'il avait bien compris. Ils voulaient coucher avec lui ? Mais c'était un homme ! Et eux aussi !

— Mais je suis un homme ! protesta celui-ci avec horreur en réprimant un haut de cœur.

— Et alors ? On peut te faire monter au septième ciel, tu sais ! On sait y faire !

— Houai, et même que t'y prendras toi aussi ton pied avec un peu d'aide !

— Écoutez, prenez mon portable si vous voulez, mais laissez-moi repartir, je viens d'avoir mon diplôme, on a fêté ça avec des copains et… je ne me sens pas très bien et je ne l'ai pas fait exprès !

— Pas fait exprès ? ricana l'autre homme en souriant. Nous, par contre, on va le faire exprès de te rentrer dedans !

Ils se mirent à rire. Les deux hommes sortirent chacun une seringue et vidèrent le contenu en même temps sur chaque bras de Kimura. Celui-ci poussa un cri tellement fort qu'ils en furent surpris. Ils observèrent les alentours de peur qu'il ait ameuté le voisinage.

— Merde ! T'aurais pu le dire que tu allais le faire ! s'écria l'un.

— Toi aussi ! C'est malin ! Il a eu une double dose ! Maintenant, il va complètement disjoncter !

Kimura ne put retenir ce qui sortit de sa bouche, les bouscula si subitement qu'ils n'eurent pas le temps de réagir, à part d'éviter ce qu'il venait de vomir. Le jeune homme se mit à courir droit devant lui sans se rendre compte qu'il se dirigeait tout droit à l'intérieur de l'hippodrome.

Il était totalement terrorisé. Il ne voulait pas savoir ce qu'ils voulaient lui faire. Il devait fuir. C'était tout ce qui importait pour lui. La peur lui enlevait tout raisonnement logique. Il courait devant lui par désespoir, par instinct de survie. Curieusement, après avoir vomi, il sentit comme une énergie nouvelle en lui.

— Faut le rattraper ! cria l'un des hommes en s'élançant à sa suite. Il ne doit pas s'échapper !

L'autre le suivit à l'intérieur de l'hippodrome étrangement ouvert et éclairé malgré l'heure tardive.

Kimura était totalement paniqué, d'autant plus que son corps commençait subitement à le brûler de partout. Il se demandait ce qu'ils avaient bien pu lui injecter. Il fallait qu'il se sauve avant que cela n'agisse complètement et qu'il se retrouve sans défense. Il avait bien compris qu'ils allaient le tuer après s'être amusés avec lui auparavant. Il n'osait pas imaginer le genre d'amusement qu'ils avaient prévu. Une chose était sûre, c'est que cela le terrifiait encore plus. Trop de souvenirs de sa vie qu'il aurait souhaité effacer revenaient en même temps. Il était essoufflé, mais il continuait de courir maladroitement. Il commençait à avoir du mal à contrôler son corps. Ses jambes devenaient de plus en plus lourdes. Il voyait des choses danser devant lui. Il dévala les gradins et se retrouva de nouveau à terre. Il se releva presque aussitôt et continua de courir maladroitement. Il s'aperçut au dernier moment qu'il se trouvait au beau milieu de la pelouse du champ de courses qui se trouvait anormalement éclairé sur toute sa longueur à cette heure de la nuit.

Il s'arrêta subitement en plein milieu de celle-ci. C'est là qu'il les aperçut. Il réussit tant bien que mal à ajuster sa vue, de nouveau défaillante. Un groupe d'hommes dont certains étaient en costume noir se trouvaient là, à quelques mètres de lui, en plein milieu de la piste. Un homme était en tenue de jockey et se trouvait assis à terre avec un autre homme plus âgé. Soudain, un des hommes en costume noir le fixa avec attention. Ce visage… Cet homme le fascina autant qu'il le terrifia. Une autre personne tenait un magnifique cheval noir totalement harnaché pour la course. Celui-ci, totalement nerveux, semblait danser sur place et tirait sur sa longe furieusement.

Un coup de feu retentit peu après. Kimura sentit une vive brûlure à la tempe et s'écroula au sol sous le choc et la douleur. Le cheval se cabra presque instantanément, renversa tout ce qui se trouvait autour de lui, échappant du même coup à la personne qui le tenait. Il partit au triple galop en direction de Kimura. Celui-ci se releva légèrement et rampa jusqu'à la rambarde tant bien que mal. Il se mit debout non sans quelques difficultés à l'aide de celle-ci. Des coups de feu retentirent de nouveau. Mais cette fois ce n'était pas dans la direction du jeune homme. Kimura tourna la tête un peu trop vite et faillit s'écrouler. Il entreaperçut cet homme au costume noir, le même qui l'avait observé tout à l'heure. Il tirait sur les deux hommes en haut des gradins. Ceux-ci répondirent et finalement se retirèrent, s'apercevant qu'ils n'auraient pas le dessus. Kimura réussit pendant ce laps de temps tant bien que mal à grimper sur la rambarde. Il devait sortir de ce lieu le plus rapidement possible. Mais sa vue se troubla encore plus. Ses mains et ses jambes se mirent à trembler dangereusement. C'est là que le pur-sang arriva au galop et se positionna à côté de lui. Kimura commença à perdre la tête à ce moment-là. Il voyait une sorte de monstre noir qui en avait après lui. N'ayant plus rien à perdre, pensant qu'il allait mourir, Kimura décida de le défier.

— Quoi ! lui cria-t-il, en le regardant droit dans les yeux. Tu veux me tuer, toi aussi ? Eh bien, vas-y ! De toute façon, je suis un homme mort ! Je n'ai plus rien à perdre ! Je suis foutu ! Vas-y, tue-moi !

Le cheval secoua la tête. Kimura se mit debout sur la rambarde afin de pouvoir passer de l'autre côté. Sa vue se fit encore plus trouble. Le sol semblait danser de plus en plus. Soudain, il perdit l'équilibre d'un seul coup et trébucha. Il atterrit finalement sur la selle. L'équidé se mit aussitôt en position au milieu de la piste et galopa à fond de train comme si sa vie en dépendait.

— Non ! cria Kimura. Non ! Au secours ! Aidez-moi ! Au secours !

Kimura tenta de s'accrocher du mieux qu'il put. Tomber ou descendre de cheval à ce moment-là, lui serait certainement fatal. Le sol défila à toute vitesse au-dessous de lui. Le vent lui fouetta le visage. Il n'y voyait plus rien et détourna légèrement la tête, la cachant autant qu'il put dans la crinière. Il commença à avoir un énorme mal de crâne. Il ferma les yeux et se pencha contre l'encolure. Il ne pouvait rien voir tant la vitesse était grande. Le vent frais lui fouettait littéralement la figure. Il avait encore plus mal à la tête et se sentait de plus en plus bizarre. Le cheval de course galopa ainsi à fond de train et réalisa deux longs tours complets. À la fin du deuxième tour, l'homme en noir se positionna au milieu de la piste et leva les deux bras. Le cheval ralentit pour finalement s'arrêter lentement devant lui. Kimura ouvrit furtivement les yeux, se demandant bien si c'était enfin fini. Ce fut le regard de cet homme qu'il aperçut en premier. Il se sentit encore plus mal. Il se sentit tomber sans qu'il puisse y faire quoi que ce soit. Ses mains et ses pieds n'avaient plus la force de le tenir. Sans comprendre comment, il se retrouva dans les bras de cet homme au costume noir. Ce qui le frappa le plus à ce moment-là, c'était son odeur. Une douce odeur qu'il trouva fort agréable, qui semblait l'envelopper comme pour le protéger. L'homme l'observa un bon moment. C'est la dernière chose que Kimura aperçut avant de sombrer dans le néant.

— Incroyable ! cria l'un de ses hommes. Il a battu son propre record ! Ce cheval est vraiment un crac ! Vous aviez raison ! Vous pouvez en être sûr, monsieur Ogawa ! Il va vous rapporter un max de fric ! Ce type a réussi à le faire galoper sans problème !

L'expression du visage d'Ogawa ne changea pas pour autant. Bien au contraire, celui-ci semblait plutôt sévère, avec une pointe de contrariété.

— Vous pouvez m'expliquer pourquoi votre soi-disant jockey professionnel n'a pas tenu plus de quelques secondes sur le dos de ce cheval, alors que ce garçon qui vient d'on ne sait où et qui semble complétement saoul par-dessus le marché a réussi à faire deux tours complets sur son dos ? demanda celui-ci froidement en regardant son homme de main.

— Ce garçon doit avoir quelque chose d'exceptionnel ! répondit Osami en se penchant sur Kimura pour l'examiner de plus près.

Il poussa lentement une de ses mèches de cheveux. Du sang coulait sur le côté de sa tempe.

— Il est blessé et visiblement on l'a drogué.

— Les salauds ! Ils voulaient jouer avec lui ! s'écria Ogawa en regardant le visage de Kimura d'un peu plus près. Il semble encore bien jeune pour jouer à ce genre de chose ! Un jeune diplômé ?

Ogawa ressentait quelque chose d'étrange envers ce jeune homme. Son visage, ses yeux… Il le trouvait vraiment mignon. Il sentit soudain le besoin irrésistible de le protéger.

— Ces types qui en avaient près de lui, c'étaient des hommes à Okamoto, informa Osami.

— Ils n'avaient aucun droit ! Ils étaient sur mon territoire ! s'écria Ogawa. Comment ont-ils pu faire ça devant moi !

— Que fait-on ?

— Ramenez ce jeune imprudent à la résidence ! ordonna Ogawa en tendant le jeune garçon à son homme de main.

— Bien chef ! répondit celui-ci en le prenant doucement et en le ramenant à la voiture.

— Monsieur Ogawa ? Pour le cheval ? demanda l'autre homme.

— Ramenez-le à son écurie. Je lui trouverais un autre jockey !

— Bien monsieur.

Ogawa se dirigea lui aussi dans la voiture. Il s'assit à côté de ce jeune homme totalement inconscient et il l'observa attentivement tout le long de la route. Ce jeune l'avait à la fois impressionné et à la fois intrigué. D'ordinaire, il aurait déjà abattu tout intrus osant se pointer de la sorte en plein milieu de l'entraînement de son cheval favori. Pourquoi ne l'avait-il pas fait ? Pourquoi même avait-il pris sa défense ? Pourquoi ce regard l'avait-il touché et troublé. Il semblait tellement faible et fragile. Tout le contraire de lui. Ce jeune homme avait un magnifique visage. Et cette chevelure un peu en bataille lui donnait un sacré charme. Il n'oublierait pas ce regard. Un regard plein de terreur. Qu'avait-il bien lui arrivé pour en arriver là.

Lorsque Kimura ouvrit les yeux, son cœur se remit à battre de plus en plus vite. Il constata avec effroi qu'il se trouvait dans un lieu qui lui était totalement inconnu. Il se releva difficilement et observa les lieux où il se trouvait en se tenant la tête. La pièce semblait danser légèrement devant lui. Il avait été allongé sur un simple futon au sol. On l'avait totalement changé et soigné. Mais ce qui le choqua le plus, c'est qu'il se trouvait totalement nu sous un kimono blanc. La panique fut totale. Il imaginait déjà ce qu'on avait pu lui faire subir pendant qu'il s'était évanoui. Il avait mal un peu partout, des égratignures sur les bras, les jambes. Cet étrange pansement autour de la tête, sur son genou droit, sur son bras droit. Il ressentait des douleurs sur chaque partie de son corps.

Son cœur se mit à battre de plus en plus vite et la panique monta de plus en plus forte. Sans réfléchir un seul instant, il se leva précipitamment, risquant de tomber, et s'élança en titubant vers la porte. Il l'ouvrit précipitamment et courut pieds nus tout droit devant lui. Un type en noir qui semblait attendre sur le côté sursauta de surprise et lui courut après.

— Eh ! Tu crois aller où comme ça ! lui cria-t-il. Arrête-toi ! Eh ?

D'autres hommes en costume noir, sans doute interpellés par les cris du premier, arrivèrent subitement et suivirent le mouvement.

— Foutez-moi la paix ! Il est hors de question de vous amuser encore avec moi ! leur cria

Kimura totalement désespéré en courant de plus belle. Je préfère mourir !

Il continua dans sa lancée, pieds nus dans toutes les directions à travers le jardin, tentant désespérément de trouver la sortie et évitant les différents gardes avec ce qui pouvait être considéré comme une chance inouïe. Il trébucha et s'étala de tout son long. Il se releva et repartit de nouveau. Il évita de nouveau plusieurs hommes en noir. Sa course effrénée s'arrêta net. Il fut soudain plaqué au sol avant qu'il ne comprenne ce qui lui arrive.

— Je l'ai ! entendit-il.

— Non ! Lâchez-moi ! cria Kimura encore plus paniqué.

Il se débâtit furieusement.

— Bande de pervers ! Lâchez-moi !

— Ça suffit ! cria soudain une voix à la fois autoritaire et puissante.

Tous restèrent figés un instant. L'homme qui avait plaqué Kimura au sol se releva et le releva également. Il retenait solidement les deux mains de Kimura derrière le dos.

— Il a tenté de s'enfuir ! protesta l'homme.

— Je l'avais bien compris. Cependant, je vous avais demandé de prendre soin de lui tout en restant ferme s'il le fallait. Pas de le brutaliser. Regardez dans quel état il se trouve encore ! Il s'est de nouveau blessé ! Il est suffisamment effrayé comme ça ! Ce n'était pas la peine d'en rajouter !

Kimura reconnut l'homme qui avait parlé. C'était le même homme qu'il avait aperçu en costume noir. Il portait cette fois un magnifique kimono de couleur sombre.

— Oui monsieur, répondit l'homme qui maintenait toujours fermement Kimura.

— Jeune homme, je crois que vous n'avez pas bien compris la situation dans laquelle vous vous êtes fourré ! Je vais donc devoir vous l'expliquer.

— Si vous voulez me prendre pour vos plaisirs sexuels, je préfère mourir sur le champ ! lui cria celui-ci avec défi et en titubant légèrement.

Ogawa l'observa un moment totalement surpris avant de finalement éclater de rire.

— C'est vrai ! Tu es plutôt mignon, mais je n'ai pas l'habitude de prendre les gens par la force. Tu es blessé, tu as pris un coup sur la tête. Tu as été visiblement drogué, donc tu n'as pas encore les idées très claires. Tu dois te reposer en attendant que les effets s'estompent.

— En attendant quoi ? De vouloir me tuer ? De me violer ? Et qui vous permet de me tutoyer ?

— Si j'avais voulu te tuer petit, tu serais mort depuis longtemps.

Ogawa regarda ensuite ses hommes.

— Raccompagnez-le dans sa chambre, voulez-vous, et veillez à ce qu'il n'y sorte plus tant qu'il sera sous l'effet de cette drogue.

— Bien monsieur !

Kimura protesta tout le long du trajet, tentant d'échapper aux mains du garde du corps et hurlant, les traitant de tous les noms. Ce qui amusa et fit grandement sourire Ogawa, qui ne le quitta pas des yeux jusqu'à ce qu'il ait totalement disparu de sa vue.

— Quoi que tu sois petit, tu me sembles bien intéressant. Cela fait à peine quelques heures que tu es ici et déjà, je trouve que tu embellis grandement ma triste vie. Cet endroit devenait vraiment trop calme à mon goût. Ça promet d'être fort intéressant à l'avenir.

2

« Lentement, mais sûrement, je suis totalement tombé dans ses griffes, avec pour prime aucun retour possible en arrière... »

Kimura avait été conduite de force dans cette pièce qui lui servait de chambre. Des hommes armés en gardaient dorénavant l'entrée. Il avait passé de nombreuses heures à les insulter de tous les noms, à tambouriner la porte et même les murs. On lui avait apporté de quoi manger. Il avait balancé le plateau avec tout son contenu contre la porte. Depuis plusieurs heures maintenant, il tournait en rond dans la pièce. Il se sentait étrange. Il était hors de lui. Il était tellement en colère qu'il ne pouvait plus se calmer. Son corps était en feu, il était en rage sans savoir pourquoi. Il ne pouvait plus se contrôler. Il fallait que ça sorte d'une manière ou d'une autre. Il continua de tourner en rond pendant un bon moment, en continuant de crier et de tambouriner sur la porte par intermittence. Il commença à trébucher sous la fatigue au bout de plusieurs heures. Il continua cependant à tourner en rond tel un automate, de plus en plus lentement. Puis, il s'écroula finalement de tout son long et ne bougea plus. Ce fut soudain le silence total. Les hommes qui gardaient la porte prirent peur et firent appeler Ogawa et son homme de main en urgence.

Celui-ci examina de nouveau Kimura avant de le recoucher correctement.

— Ils ont dû lui mettre une sacrée dose pour que cela ait duré aussi longtemps. Il lui faudra plusieurs jours pour qu'il retrouve un état normal.

— Qu'avez-vous trouvé sur lui, demanda Ogawa en s'asseyant près de Kimura et en le regardant dormir.

Sans se rendre compte, il repoussa cette mèche rebelle et lui caressa la joue.

— Sei Kimura. Jeune lycéen qui vient d'obtenir son diplôme avec mention excellente. Il vit totalement seul dans la banlieue Est. On se demande ce qu'il faisait dans ce secteur. Il a visiblement fêté son diplôme avec des copains le soir où il a débarqué sur le champ de courses. Il semblerait qu'il ait bu plus que de raisons, ceci avec ce qu'on lui a injecté, pas étonnant qu'il ait perdu pied. Nous avons aussi trouvé ces photos sur son portable. Ces hommes n'en avaient pas après lui que pour son physique. C'est beaucoup plus grave que cela en réalité.

Osami sortit le portable et lui montra les photos.

— Je vois. Il a vu et pris des photos d'un homme en train de se faire descendre. Ce n'était vraiment pas malin de sa part ! Sa vie est dorénavant en danger. Un seul pied à l'extérieur et il est fini !

— Ce n'est pas passé aux infos hier et aujourd'hui. Ils semblent pourtant l'avoir abattu froidement en pleine rue. Ils ont dû faire disparaître le corps.

— Oui, mais ils l'ont abattu sur mon terrain ! Et ça, c'est une déclaration de guerre contre mon clan ! D'autant plus qu'ils ont voulu abattre un civil également. C'est contraire à nos lois. Je ne peux pas laisser faire ça sur mon territoire. Il faut les retrouver et faire le nécessaire pour montrer l'exemple !

— Je m'en occupe, comprit Osami. Qu'allez-vous faire de lui ?

— Je crois que je n'ai pas vraiment le choix, soupira Ogawa. Je vais devoir prendre soin de lui maintenant.

— Je doute qu'il soit très coopératif. Il semble avoir une mauvaise opinion des yakuzas maintenant.

— C'est plutôt logique avec ce qu'il vient de vivre. Nous utiliserons la force s'il le faut. Mais il n'est pas question que je le laisse mourir. On ne peut plus le relâcher dans la nature à présent. Il va devoir vivre avec nous, que cela lui plaise ou pas.

— J'ai entrepris quelques recherches sur lui, et j'ai appris qu'il est du genre hyper-stressé. Il peut péter un plomb à tout moment s'il se trouve en grande panique. Cela risque de grandement compliquer les choses pour l'apprivoiser.

— Nous devrons donc faire attention avec lui. Vous êtes aussi médecin, je compte sur vous.

Kimura se réveilla le lendemain. Il se sentait toujours aussi mal. À la vue de l'homme qui se trouvait près de lui, il paniqua encore plus et se réfugia au fond de la pièce. Il était toujours vêtu de ce kimono blanc totalement nu en dessus. Mais cette fois, il était propre. On avait certainement dû le changer pendant qu'il était inconscient. Il se pelota à l'intérieur de ce vêtement malgré tout confortable et regarda cet homme, la peur dans les yeux. Il avait encore mal à la tête et celle-ci lui tournait encore. Il n'avait pas encore les idées très claires. Mais c'était un peu mieux que la veille. Il avait du mal à comprendre ce qui se passait. Mais surtout, ce qui allait se passer par la suite.

— Je ne t'ai absolument rien fait, si c'est ce que tu veux savoir. Je m'appelle Ogawa Yuma. Je sais que tu t'appelles Kimura Sei. Que tu viens d'obtenir ton diplôme après avoir fini tes études au lycée. Tu as dû fêter cela avec une bande de copains. Malheureusement pour toi, tu as visiblement assisté au meurtre d'un homme ce soir-là par un clan de Yakuza. C'étaient les hommes du clan Okamoto. Autrement dit, pas des enfants de cœur. Tu as également eu la stupidité de prendre tout ceci en photo. Tu te retrouves donc avec tout un clan de Yakuza et leurs petits copains sur le dos. Et crois-moi sur parole, il ne vaudrait mieux pas qu'ils te retrouvent, ou tu subiras la même chose que ce pauvre type, voire pire.

Kimura le regarda sans répondre. Il se demandait quand tout ceci serait enfin fini. S'il devait le tuer, qu'il se dépêche tout simplement.

De toute façon, sa vie ne l'intéressait pas vraiment. Il pensait que tout était fini maintenant. Il ne serait plus jamais libre. On le tuerait sûrement bientôt. Ce n'était qu'une question de temps.

— Savais-tu que ces types-là faisaient partie d'une bande de Yakuza peu scrupuleux des règles et du code d'honneur régissant ce genre de clans en général ? Non ! Évidemment. Comprends-tu dans quelle situation tu te retrouves ? Si je te relâche dehors aujourd'hui, tu es un homme mort.

— Qu'est-ce que ça peut vous faire ? N'allez-vous pas me tuer, vous aussi de toute façon ?

— Je me sens responsable de toi dorénavant. Et non, je ne vais pas te tuer, ni te violer comme tu sembles le penser. Car je respecte les règles de mon clan. Chez nous, on ne tue pas n'importe qui, n'importe quand, ni n'importe comment. Et encore moins des civils.

— Vous me retenez contre mon gré ! Ne faites-vous pas vous aussi partie des Yakuza ?

— J'en fais également partie. Je ne te le cache pas. Mais moi j'en suis le chef. Et chaque clan est différent et possède ses propres règles. Ici, tu es sur mon territoire. Ici ce sont mes règles. Tant que tu restes ici, tu ne risques absolument rien. Donc je vais être obligé de te garder un bon moment. Que tu le veuilles ou non. Je te conseille de l'accepter. Ce sera plus facile pour toi.

Kimura regarda Ogawa avec terreur. Il avait échappé à un clan de yakuza pour se retrouver prisonnier dans un autre. Cet homme de haute stature était plutôt bel homme, contrairement à ce qu'il aurait pensé des chefs de clans en général. Il inspirait le respect. Il semblait tellement puissant. Kimura ne doutait pas un instant que d'un claquement de doigts celui-ci pouvait le faire disparaître. Cet homme tellement sûr de lui… Il le fascinait tout autant qu'il le terrifiait. Kimura n'y comprenait rien. Pourquoi l'avait-il soigné ? Pourquoi le gardait-il ainsi ? Il aurait pu le faire disparaître, cela lui aurait apporté moins de problèmes. Le jeune homme avait mal à ses blessures, mal à la tête, mais curieusement pas aux endroits qu'il aurait pensé avoir mal. Cet homme lui avait dit la vérité, il ne lui avait visiblement rien fait. Il voulait le protéger ? Pourquoi ? Il ne comprenait pas. Tout s'embrouillait dans sa tête.

— Ces hommes t'ont fait quelque chose ?

— Ça ne vous concerne pas !

— Je crois qu'ils t'ont injecté quelque chose. Quelque chose d'assez puissant. Tu ne te souviens pas très bien ce qu'il s'est passé par la suite. Tout est flou dans ta tête. Tu as même cru que tu avais monté un pur-sang. Je me trompe ?

Kimura baissa la tête. Comment cet homme pouvait-il deviner toutes ces choses ?

— Tu as atterri au beau milieu d'un entraînement d'un de mes meilleurs chevaux de courses, en effet. Celui-ci venait de mettre à terre son jockey. Il n'a même pas fait trois mètres avec lui. Toi, tu te pointes comme une fleur et tu fais deux tours complets de galop en battant tous les records de chronomètres. As-tu déjà monté à cheval ?

— Vous plaisantez ? J'ai la trouille bleue de tout ce qui s'appelle bestioles ! lança Kimura sans réfléchir.

Ogawa sourit et émit même un petit rire. Il venait enfin d'établir un premier contact avec ce jeune homme. Cette fois, il était sur la bonne voie.

— Eh bien, lui, visiblement il t'aime bien. Je voudrais que tu remontes ce cheval pour moi. Ne cherches-tu pas un travail maintenant que tu as fini tes études ?

— Ça, ça ne sera pas possible ! dit Kimura en baissant la tête.

— Je vois. Tu es encore sous l'emprise de cette drogue. Pour ceux qui n'en ont pas l'habitude, c'est très douloureux et très perturbant. Tu dois manger pour reprendre des forces et te reposer. Beaucoup te reposer.

— Et si je refuse ?

Ogawa sourit de nouveau. Visiblement, ce jeune homme n'avait pas encore compris que simplement en lui parlant, il avait déjà perdu son combat contre lui.

— Et bien, je m'occuperai personnellement de toi. Si tu refuses de te laver, je te laverai avec plaisir. Si tu refuses de te changer, je t'habillerai moi-même. Et si tu refuses de manger, je te ferai manger comme un bébé.

— Pourquoi m'avoir mis ces choses-là ? demanda soudain Kimura.

— Tu portes une tenue traditionnelle japonaise. Tu es encore en convalescence. Et puis, au cas où tu essayerais de t'enfuir, ce sera plus facile pour nous de te retrouver et éviter de te prendre une balle perdue par mes gardes. Certains jeunes recrues ont la gâchette facile, si tu vois ce que je veux dire. Sauf si tu n'as pas honte de te balader ainsi dans la rue, je te déconseillerai de t'enfuir. Mais je me trompe, n'est-ce pas ?

— Vous m'avez entièrement déshabillé !

— Et alors ! En quoi ça te pose un problème ?

— Ça ne se fait pas ! s'écria Kimura devenant rouge de honte.

Ogawa se mit à sourire de nouveau.

— C'est vrai que tu es vraiment mignon. Crois-tu que ce soit la première fois que je vois un homme entièrement nu !

— Vous êtes un pervers ! s'écria Kimura totalement outré et en s'enfonçant encore plus dans ce kimono.

— Eh bien tant pis ! Je crois que tu n'as pas encore saisi la situation, on dirait. Ici, c'est moi qui décide. Alors, tant que tu es sous mon toit. Tu obéis aux règles. C'est clair ?

— Je ne suis pas un de vos hommes, et je ne fais pas partie de votre clan !

— Dorénavant, tu es sous ma tutelle. Je m'occuperai de toi jusqu'à ce que je sois sûr que ces types ne puissent plus s'en prendre à toi. Autrement dit, jusqu'à ce que je me sois occupé de leur cas. Que tu le veuilles ou non. Maintenant, tu as deux possibilités. Sois-tu accepté et tout se passera bien. Soit, tu fais des tiennes et j'utiliserai la force et tous les moyens disponibles si nécessaire pour te contraindre. Et crois-moi, je suis plutôt doué dans ce genre de choses. Maintenant, arrête tes conneries et mange !

Kimura sursauta au ton relativement élevé de la dernière phrase. Cet homme lui faisait vraiment peur. Il prit lentement le plateau-repas et mangea rapidement tout en jetant de brefs regards furtifs à Ogawa. Comme le ferait un petit animal apeuré.

— Bien. Je viendrai te voir tous les jours et gare à toi si tu fais un pas de travers !

Kimura se rassit sur son futon lorsqu'Ogawa fut parti. Cet homme l'intriguait de plus en plus. Il pouvait encore sentir son odeur qui flottait agréablement dans la pièce. La même qu'il avait ressentie l'autre soir au champ de courses. Une odeur qu'il commençait visiblement à apprécier.

Celle-ci semblait le recouvrir, comme pour l'apaiser et le protéger.

— Idiot ! se cria-t-il en lui-même. C'est un homme ! Un homme ! Comment je peux apprécier un type tel que lui ! C'est un Yakuza ! Et les Yakuzas n'ont pas de sentiments !

Kimura se rallongea et s'entoura de la couverture remplie de ce parfum enivrant. Pendant quelques instants, il se sentit totalement en sécurité. Il se laissa envahir par cette douce odeur que cet homme avait laissée derrière lui. Il s'endormit profondément pour la première fois de sa vie.

Il se passa quelques jours ainsi. Les hommes d'Ogawa emmenaient Kimura aux bains le matin sous bonne garde et le ramenaient dans cette pièce qui lui servait de chambre. Ils lui apportaient également son repas. Ogawa venait le voir deux fois par jour et lui parlait constamment comme s'il souhaitait l'apprivoiser. Kimura, lui, se mettait toujours plus loin au fond de la pièce, comme s'il redoutait que celui-ci lui fasse quoi que ce soit. Mais dès qu'il partait, il se mettait exactement là où il se trouvait auparavant et profitait allégrement de son odeur. Bien souvent, il s'endormait peu après. Il se passa encore une bonne semaine. Kimura semblait moins stressé. Un matin cependant, après avoir pris son bain les hommes d'Ogawa lui donnèrent cette fois, des vêtements, de vrais vêtements !

— Monsieur Ogawa souhaiterait que vous déjeuniez avec lui dans la pièce centrale.

Kimura regarda ses nouveaux habits. Ils étaient parfaitement à sa taille et surtout parfaitement à son goût ! Ce n'étaient pas des vêtements bon marché, bien au contraire. Ils devaient avoir coûté une fortune. Kimura hésita, puis finalement s'habilla rapidement. Quelques minutes plus tard, Ogawa lui-même vint le chercher. Kimura fut encore plus gêné par le regard que celui-ci lui portait. Il l'accompagna simplement, tout en gardant ses distances. Les hommes d'Ogawa se tenaient discrètement plus loin, prêts à intervenir au besoin.

Le jeune homme se retrouva assis dans une grande pièce entièrement entourée de fenêtres. Ce qui donnait une luminosité fort agréable en cette saison de l'année. Heureusement pour lui, Ogawa n'était pas assis à côté de lui. Il aurait sans doute eu une autre crise de stress et ce n'était certainement pas le moment. Il ne souhaitait pas perdre la face devant cet homme. Ils mangèrent tranquillement.

— Je vois que tu sembles plus calme de jour en jour, dit soudain Ogawa. Si tu continues comme ça, tu devras bientôt pouvoir sortir.

— Sortir ? Parce que vous me laisseriez sortir ?

— Sous ma surveillance, cela va de soi !

— Je suis votre prisonnier, soupira Kimura.

— Tu es sous ma protection, rectifia Ogawa. Tu as de plus une fâcheuse tendance à totalement paniquer dans certaines situations et à faire n'importe quoi. Je me demande comment tu as bien pu survivre dans ce monde de fou jusqu'à présent. À un moment donné, tu as bien fait peur à mon homme de main qui est également mon médecin personnel. Il en faut pourtant beaucoup pour qu'un homme de sa trempe se laisse envahir par la peur. Il a même cru que tu allais tenter à ta vie, c'est pourquoi nous t'avons mis dans cette pièce avec peu d'objets à ta disposition.

— D'attenter à ma vie ? Pff... Je ne suis pas un homme comme vous ! Une simple arme à feu me fait totalement disjoncter ! Je ne supporte pas la vue du sang ! Je comptais sur vous pour me tuer proprement.

— Je te l'ai déjà dit. Je ne te tuerai pas.

— Avez-vous pensé à ma vie ? Je dois continuer mes études et aller à la fac !

— Oh, mais lorsque je serai sûr que tu ne feras plus de bêtises, nous t'inscrirons à la fac de mon territoire. Cela va de soi.

— Écoutez, vous êtes... Mais je n'ai pas les moyens de me payer des études dans votre secteur. De plus, on doit me chercher alors...

— Je suis un Yakuza haut placé Kimura. L'aurais-tu oublié ? Bien évidemment, nous avons averti la police que tu étais chez nous. Bien évidemment, ils savent que nous t'avons pris sous notre aile et que tu continueras tes études dans l'une de nos facs. Je suis désolé de te le dire. Personne ne te cherchera Kimura.

Kimura garda le silence. Cet Ogawa avait visiblement tout prévu. Il était définitivement prisonnier de cet homme.

Celui-ci l'emmena ensuite faire un petit tour dans le jardin après le repas. Kimura préféra garder le silence. Il n'avait plus le contrôle de sa vie. Il se sentait perdu. Il en avait entendu des histoires sur les Yakuza. Des histoires terribles à en faire froid dans le dos. Il n'en avait jamais rencontré auparavant. Maintenant, il vivait avec eux. Maintenant, il était leur prisonnier en quelque sorte. Et une fois entré dans leur clan, il était impossible d'en ressortir. À part les pieds devant, comme lui disait son père ou ce tuteur qu'il avait eu pendant des années.

Ogawa l'observait un bon petit moment. Il comprit que le jeune homme était en train de ruminer dans sa tête. Kimura se décala soudain, ayant aperçu un insecte trop proche de lui. C'est là que le coup de feu retentit. La balle alla se loger à l'endroit même où Kimura se trouvait une seconde auparavant. Ogawa se jeta aussitôt sur lui et le plaqua au sol pour le protéger. Ses hommes sortirent de toute part et des coups de feu retentirent dans tous les sens.

Kimura se sentit encore plus mal soudainement, sentant la proximité de cet homme. Ogawa était sur lui ! Son cœur se mit à battre de plus en plus fort. Il voulut se dégager, mais Ogawa le retient fermement.

— Pourquoi ? s'écria Kimura en pleurant. Pourquoi ce genre de truc n'arrive qu'à moi !

— Du calme Kimura ! Je te protégerais. Tu n'as rien à craindre. Je te protégerais !

— Laissez-moi mourir une bonne fois pour toutes ! Que cela finisse enfin !

— Non !

Les gardes revinrent peu après.

— Nous avons abattu le tireur !

— Bien. Préparez l'hélicoptère, nous nous rendons immédiatement à la deuxième résidence. Doublez-y la garde.

— Bien chef !

Ogawa relâcha son étreinte. Kimura était toujours en pleurs totalement paniqué. Mais celui-ci pleurait dorénavant en silence. Il ne se débattait plus, bien au contraire, il avait fermé les yeux. Sa tête était collée à la poitrine d'Ogawa. Celui-ci voulut se relever. Kimura s'accrocha encore plus à lui. Ogawa le serra tendrement contre lui et attendit. Kimura profitait encore de cette douce odeur. Sans savoir pourquoi, celle-ci le rassurait. Ils restèrent un bon moment ainsi sans bouger.

Ogawa remarqua la respiration et le calme régulier de Kimura un peu plus tard.

— Tu t'es visiblement endormi, dit-il en souriant. Endormi dans mes bras. Finalement, tu sembles bien plus rassuré ainsi.

Ogawa lui déposa un tendre baiser sur le front.

— J'en suis heureux. Visiblement ton corps, lui, me fait déjà confiance.

3

« Cette fois s'en était fini de moi, une chose était sûre, je ne pourrais plus m'échapper de son emprise... »

Kimura se réveilla lentement à l'intérieur d'un somptueux lit. On l'avait changé d'endroit ? Il regarda autour de lui. Cette chambre était immense. Ogawa se trouvait non loin, visiblement endormi dans un fauteuil. Cet homme avait personnellement veillé sur lui ? Lui, le chef de clan ? Kimura n'osa pas bouger et attendit patiemment. Il se souvint de ce qu'il s'était passé la veille. On lui avait tiré dessus ! Ogawa l'avait protégé ! Mais où était-il ? On avait changé de vêtements également. Il avait de nouveau ce kimono blanc et il était de nouveau totalement nu en dessous. Il se mit à rougir. Était-ce Ogawa qui l'avait fait ? L'avait-il encore aperçu totalement nu ? Il sentait son odeur partout. Dans ce lit. Se pouvait-il que cela soit le sien ? Kimura se plongea plus profondément dans cet oreiller. Il ferma les yeux et finalement se rendormit.

Lorsqu'il se réveilla, il trouva Ogawa assis sur le lit à côté du lit. Sur le coup, il sursauta.

— Du calme ! Ce n'est que moi. Tu as dormi longtemps et je commençais vraiment à m'inquiéter.

— Vous m'avez emmené dans un autre lieu ?

— Tu te trouves dans une autre de mes résidences personnelles. Ici, tu seras plus en sécurité. Mes hommes sont sur une piste actuellement. Avec un peu de chance, tout sera fini avant le début des cours à la fac.

— La fac, répéta Kimura songeur.

— Nous avons fait rapatrier tes affaires ici. Tu retrouveras tes vêtements avec ceux que je viens de t'acheter.

— Vous décidez tout à ma place. Pourquoi faites-vous tout ça ?

— Ta vie est en danger. Si tu étais retourné à ton appartement, tu serais tombé sur des tueurs. Au final, ce sont mes hommes qui leur sont tombés dessus justement. Ils t'attendaient ! Ne t'occupe de rien pour l'instant. Je m'occupe de tout. Contente-toi de reprendre des forces.

Kimura ne répondit pas. Ogawa le fit lever et l'emmena dans la salle de bains attenante à la chambre. Kimura prit peur sur le coup. Il n'allait tout de même pas l'accompagner jusque-là ?

— Bien, je vais t'attendre derrière la porte, puisque tu ne sembles pas prêt à ce que je reste avec toi lorsque tu te laves.

— Je ne serais jamais prêt ! cria Kimura. Mais pour qui vous me prenez ! Je suis un homme ! Espèce de pervers !

Kimura lui claqua la porte devant le nez.

Ogawa sourit et retourna s'asseoir sur le fauteuil.

— Oh, pour être un homme, tu en es un, dit-il. Mais ce que tu refuses d'admettre, c'est ce que tu ressens pour moi. Soit, visiblement, il te faut encore du temps. Nous prendrons ce temps. Le temps qu'il faudra. Je ne veux pas te brusquer car je ne veux pas te perdre. Tu sembles moins stressé depuis que je m'occupe de toi. On est sur la bonne voie. Je t'apprivoiserais jeune Kimura. Et tu finiras mien. J'en fais la promesse. La promesse d'un Yakuza. Ce qui n'est pas rien.

Kimura apparut plusieurs minutes plus tard fraîchement lavé et habillé. Il se sentait bien mieux. D'autant plus qu'il avait retrouvé avec plaisir, certains de ses vêtements.

Ogawa l'emmena visiter les lieux. C'était une grande bâtisse dotée d'un somptueux jardin. Pour Kimura qui avait toujours vécu dans un petit appartement, cela ressemblait plutôt à un immense château. Ogawa remarqua soudain que Kimura prenait de moins en moins de distance avec lui. Il pouvait dorénavant marcher côte à côte sans crainte. Il aurait tellement voulu lui prendre la main. Le serrer tendrement contre lui. Lui donner un autre baiser sur le front. Il regardait ce jeune homme qui sursautait à la moindre bestiole qui se présentait devant lui, qui tressaillait au moindre bruit suspect. Il se demandait comment il avait pu survivre dans cette société jusque-là. Son homme de main, qui était aussi son médecin, son conseiller l'avait bien prévenu. Kimura était une personne constamment stressée. Et ce qu'il avait vécu n'avait sans doute pas arrangé les choses. Mais le fait de vivre plus calmement, de gérer pour lui la plupart des obligations qui incombent à un jeune adulte l'avait sensiblement rendu un peu plus serein. Il lui faudrait sans doute encore beaucoup de temps. Du temps pour l'apprivoiser, du temps pour qu'il reprenne confiance en lui. Il restait une épreuve cependant à lui faire passer. Une épreuve qui le mettrait en colère contre lui. Une épreuve qui mettrait sans doute tout ce travail qu'il avait effectué jusque-là en péril. Ogawa n'avait pas le choix, s'il ne voulait pas qu'un autre homme touche à Kimura, ou ose lui faire du mal. Pour cela, il devait le faire avant son entrée à la fac. Son homme de main était prêt. Tout était prêt. Il avait juste à choisir le bon moment.

Kimura sursauta de nouveau lorsqu'un oiseau passa devant lui.

— Tes parents ne t'ont jamais emmené voir des animaux ?

— Mes parents ? Je les ai à peine connus. Nous avons toujours vécu en appartement. Les animaux étaient totalement interdits. Mon père disait que cela ne servait à rien. Ils étaient toujours partis en voyage, et puis mon père est mort et ma mère m'a sans doute abandonné. J'ai été élevé par un tuteur par la suite. Lorsque je fus assez grand pour me débrouiller, je me suis retrouvé tout seul.

Ogawa regarda ce jeune homme avec attention. Il venait de lui dévoiler une période non heureuse de sa vie. Se rendait-il compte qu'il se livrait de plus en plus chaque jour à lui ? Se rendait-il compte que plus il passait de temps avec lui, plus cela lui ôtait toute espérance de vivre libre ? Ogawa ne voulait plus le quitter. Il voulait le protéger. Il voulait l'aimer. Cet homme lui faisait perdre la tête. Dernièrement, il avait même confié la majorité de ses affaires à son deuxième homme de main. Tout ça pour s'occuper de Kimura personnellement. Tout ça pour tenter de l'apprivoiser. Pour passer plus de temps avec lui. Il ne pouvait tout simplement plus se passer de cet homme.

Ogawa constata soudain que Kimura semblait visiblement fatigué. Il le raccompagna aussitôt dans sa chambre, malgré les protestations de celui-ci. Il fit venir Osami qui examina Kimura malgré ses refus. Lorsqu'il eut fini, il lui ordonna de s'allonger et s'entretient avec Ogawa dans le couloir.

— Ce jeune homme a tellement vécu dans le stress et tenant grâce à ses nerfs que, pour la première fois de sa vie, il semble se détendre de plus en plus. Je ne sais pas comment vous avez réussi, mais…

— C'est une bonne chose ? coupa Ogawa.

— Oui et non. Il est en train de décompresser, son corps aussi, donc il récupère. Il va être constamment fatigué dans les prochains jours. Il va falloir veiller à ce qu'il ne se fatigue pas inutilement. Il faudrait que je lui fasse quelques examens à l'hôpital pour vérifier quelque chose qui me tracasse depuis un petit moment déjà. Il semble qu'il ne consulte aucun médecin actuellement.

— Ça ne va pas être de la tarte pour l'y emmener. Et je ne parle pas de le faire examiner…

— Pour l'instant, il faut qu'il se repose, mais si jamais il venait à faire un quelconque malaise dans les prochains jours, bipez-moi et emmenez-le immédiatement à l'hôpital.

— Compris, répondit Ogawa avec inquiétude.

Il retourna dans la chambre. Il y trouva Kimura totalement endormi dans le lit. Celui-ci n'avait visiblement pas pris la peine de se déshabiller. Ogawa sourit et se mit aussitôt à la tâche.

Kimura se réveilla une nouvelle fois dans ce lit. Une nouvelle fois vêtu de ce kimono blanc.

— Il faut que vous arrêtiez de faire ça ! dit-il à Ogawa qui le regardait en souriant.

— Pourquoi ?

— Parce que cela est très gênant pour moi.

— Tu devrais y être habitué maintenant. Et puis moi, ça m'amuse.

— Je ne sais pas ce que vous recherchez, ni pourquoi vous faites ça ! Mais je ne suis pas ce type d'homme !

— Si tu le dis. Comptes-tu rêvasser encore longtemps ou veux-tu profiter de cette belle journée pour sortir en ville avec moi ?

Kimura le regarda avec étonnement.

— Vous m'emmenez en ville ?

— Oui, mais je te préviens, si tu cherches à t'échapper, je te renferme ici et je te remets ce kimono cette fois, que tu sois éveillé ou pas.

Kimura soupira et attendit qu'Ogawa sorte pour se préparer.

Ogawa l'emmena visiter la ville tout d'abord en voiture, puis à pied par la suite. Bien évidemment, il avait des gardes du corps qui patrouillaient discrètement non loin d'eux. Il était totalement impossible à Kimura de tenter de s'échapper. Celui-ci soupira une nouvelle fois et se contenta de suivre Ogawa tranquillement. Celui-ci l'emmena dans diverses boutiques et le rhabilla entièrement malgré de vives protestations. Cela l'amusait de voir le visage illuminé de Kimura qui découvrait, pour la première fois de sa vie, ces boutiques fort luxueuses. Kimura était sensiblement gêné lorsque les employés traitaient celui-ci de la même manière que le chef du clan Yakuza de ce quartier. Ogawa l'emmena ensuite à la fameuse fac afin de l'inscrire et lui faire signer divers papiers. Le jeune homme avait bien du mal à y croire. C'était trop beau pour être vrai, et pourtant... Kimura n'avait d'autres choix que d'obéir à cet homme. Mais le fait que celui-ci l'inscrive effectivement à la fac, prouvait qu'il était un homme de parole. Kimura ne savait plus quoi penser. Ils s'arrêtèrent un moment sur un banc longeant un grand parc en mangeant une glace. Kimura resta un moment à scruter le vide, tout en gardant le silence. Cet homme avait tenu sa promesse. Il ne lui avait fait aucun mal. Il l'avait inscrit à cette fac ! Une fac réputée pour accueillir une majorité d'étudiants venant de divers clans de Yakuza. Il se demandait bien s'il allait survivre dans cet environnement-là.

— Cette fac est pareille aux autres, l'informa Ogawa qui avait senti son inquiétude. Je dirais même qu'elle serait plus sûre. Chaque clan connaît les représailles si l'un d'eux venait à s'en prendre à d'autres d'un autre clan. On ne touche pas à la famille d'un autre et encore moins aux jeunes. Donc, ils ne tenteront rien. Surtout s'ils apprennent que tu es sous ma juridiction.

— Je vois, répondit simplement celui-ci, se demandant bien comment ils allaient savoir qu'il était sous la coupe du clan Ogawa.

Ils rentrèrent en fin d'après-midi. Kimura se sentait étrange depuis qu'ils s'étaient reposés au parc. Il se sentait fatigué et surtout avait un point douloureux à la poitrine. Il n'osa pas en parler à Ogawa. Ce n'était pas la première fois qu'il ressentait cette douleur, seulement cette fois, elle semblait un peu plus forte que d'ordinaire.

Celui-ci le regarda un moment en comprenant que quelque chose n'allait pas.

— Est-ce que ça va ?

— Oui. Je pense que cette journée m'a simplement épuisé.

— Je vais te laisser te reposer pour ce soir.

La voiture arriva à l'entrée de la résidence. Ils descendirent de celle-ci. Kimura fit quelques pas avant de finalement s'écrouler de tout son long sur le sol.

— Kimura ! cria Ogawa en se précipitant sur le jeune homme. Kimura !

Mais celui-ci ne semblait pas l'entendre. Il ne bougeait plus.

— Kimura !

Ogawa le prit dans les bras, le déposa dans le véhicule, prit place à ses côtés.

— Vite, à l'hôpital ! cria-t-il au chauffeur.

— Bien monsieur, fit celui-ci en démarrant sans attendre.

Ogawa bipa son médecin. Celui-ci les attendait devant l'entrée des urgences lorsqu'ils arrivèrent. Il prit immédiatement en charge Kimura et Ogawa fit les cent pas dans la salle d'attente.

Osami revint au bout d'un moment.

— Alors ?

— Kimura a un léger problème au cœur, comme je m'y attendais. Il devra prendre un traitement pendant un certain temps, du moins, mais sa vie n'est pas en danger.

— Vous saviez que cela allait arriver ?

— Je n'en étais pas encore sûr, mais j'ai déjà eu ce genre de cas. Cela se soigne très bien avec le temps quand, bien évidemment, c'est pris à temps.

— Je peux le voir ?

— Oui, mais ne le fatiguez pas trop. Je le garde encore un jour ou deux en observation. Ensuite, il pourra rentrer. Chambre dix.

Ogawa entra doucement dans la chambre. Kimura leva les yeux sur lui.

— C'est grave ? lui demanda-t-il visiblement inquiet. Le docteur n'a rien voulu me dire. Il a dit que c'était vous qui allez m'en parler.

— Veux-tu toujours mourir, Kimura ? lui demanda Ogawa en s'asseyant doucement sur le lit.

— En vérité, je ne crois pas, répondit Kimura en regardant dans le vide.

— C'est une bonne chose. Tu as été trop stressé ces derniers temps. C'est ton cœur qui a tout pris. Mais rassure-toi, avec un traitement pendant un certain temps, ça passera. À condition de te tenir tranquille.

— Je pourrais toujours aller à la fac ?

— Bien sûr ! Quelle question ! Mais tu devras te reposer avant.

— Quand est-ce que je pourrais sortir ?

— D'ici deux jours.

Ogawa resta pendant ces deux jours auprès de lui. Il veilla à ce qu'il mange correctement et prenne bien ses médicaments. Il le regardait dormir pendant de longues heures sans s'en lasser une seule seconde. Kimura lui semblait de plus en plus proche. Il ne restait plus que trois semaines avant la nouvelle rentrée de la fac. Il allait falloir qu'Ogawa prenne rapidement une décision.

Kimura retrouva cette grande chambre à son retour d'hôpital. Il se sentait beaucoup plus calme. Sans doute à cause des médicaments qu'il devait prendre chaque jour. Il laissait Ogawa s'occuper de tout. Il n'avait plus envie de lutter. Il commença à réviser ses cours pour son entrée en fac. Il avait entendu qu'Ogawa préparait une fête dans quelques jours. Une fête entre Yakuza. Cela l'angoissait au plus haut point. Qu'allaient-ils penser de lui. Lui qui n'était pas un membre de leur clan. Lui qui n'était non seulement un homme ordinaire, mais non un combattant. Pire, il aurait l'air d'une lavette aux côtés de ces hommes habitués à devoir combattre chaque jour de leur vie. Il n'avait jamais côtoyé ce milieu. D'ordinaire, aucun étranger n'était invité à ce genre de fête. Kimura ne comprenait pas. Pourquoi lui pouvait y assister.

Ce jour arriva plus tôt qu'il ne l'aurait souhaité. Il y eut beaucoup de convives. Des hommes et quelques femmes. Kimura avait un magnifique costume qu'Ogawa lui avait spécialement choisi pour l'occasion. Il se contentait de saluer tout le monde et restait légèrement en retrait. Il fut heureusement placé au côté d'Ogawa lors du repas. On lui fit boire un tas de trucs étranges et il se trouva rapidement sous l'emprise de l'alcool. En fin de repas, cependant, il ne comprit pas ce qu'il se passa vraiment. Tout le monde applaudissait et visiblement on préparait une sorte de rituel.

Kimura ne voyait plus très bien. Il n'avait d'ailleurs plus la force de se tenir debout. On l'installa confortablement dans un fauteuil. Il apercevait tout ce qu'il se passait, mais il était comme absent de son corps. Il ne réagit pas lorsqu'on lui remonta sa chemise. Encore moins lorsqu'on lui fit une injection sur le bras. Il se contentait de tous les regarder complètement hébétés. Un homme s'appliquait à lui faire un étrange tatouage sur le bras droit. Kimura ne réagit pas plus que ça. Il se contenta de sourire bêtement. On lui fit encore boire une de ces boissons étranges et puis, au bout d'un moment, il ferma tout simplement les yeux. Il n'entendit pas les cris des convives ni les applaudissements. D'ailleurs, il ne les vit même pas partir. Il se réveilla le lendemain avec une sacrée migraine et un joli pansement au bras.

— Tu te sens comment ? lui demanda Ogawa.

— J'ai l'impression d'avoir un marteau dans la tête, répondit lentement Kimura. Je me suis fait mal au bras ?

— Pas vraiment. Mais tu ne dois pas enlever le pansement pour l'instant.

Ogawa lui tendit un verre et plusieurs cachets.

Kimura les prit et les avala rapidement.

— Il semblerait que tu ne tiennes pas vraiment à l'alcool.

— Évidemment, je n'ai pas l'habitude de boire ! Et puis, qu'est-ce que vous m'avez donné pour que je finisse dans cet état ?

Ogawa se contenta de lui décrocher son plus beau sourire.

4

« Se mentir à soi-même ne fait que repousser l'inévitable, la vérité, elle m'éclaboussa en pleine figure... »

Ogawa se précipita dans la salle de bains lorsqu'il entendit le hurlement de Kimura. Il trouva celui-ci totalement nu devant la grande glace. Kimura eut un moment d'hésitation avant de prendre rapidement une serviette et de se cacher derrière. Son visage était devenu subitement rouge.

— Kimura ? Pourquoi avoir crié de la sorte ? J'ai eu peur qu'il te soit arrivé quelque chose !

— Quelque chose, oui ! Vous pouvez le dire ! cria-t-il visiblement furieux. Vous pouvez m'expliquer ça ? continua-t-il en montrant le tatouage sur son bras.

Ogawa soupira. Le moment tant redouté était arrivé.

— Tu n'étais pas censé enlever le pansement aujourd'hui !

— Comment je fais pour prendre ma douche avec ça ? protesta Kimura.

— Tu as raison, soupira Ogawa. La vérité, c'est qu'hier c'était une fête pour ton entrée dans le clan des Yakuza. Je ne te l'ai pas dit parce que j'avais peur de ta réaction.

— Et moi dans tout ça ? Vous y avez pensé ? Si je n'étais pas d'accord ? Je voulais une vie simple ! Une vie normale avec des gens normaux ! Vous m'avez enlevé ce droit ! Je n'ai pas envie de ressembler à des gens de votre espèce ! cria Kimura hors de lui. Dehors ! Hors de ma vue !

Ogawa sortit de la salle de bains et ferma lentement la porte. Il sortit également de la chambre. Il s'attendait à une telle réaction. Mais pas à ce que cela lui fasse aussi mal. Il avait le cœur comme déchiré. Mais c'était la seule façon. La seule façon de protéger définitivement ce jeune homme.

Kimura s'observa dans le miroir. Des larmes lui coulaient le long des joues. Il s'appuya sur le lavabo.

— Pourquoi ? s'écria-t-il. Pourquoi ça me fait mal lorsque je lui ai dit ça ! Pourquoi a-t-il fait ça ? Je commençais à lui faire confiance ! Je commençais à vouloir vivre et rester auprès de lui ! Pourquoi est-ce que tout le monde finit par me trahir ? Pourquoi ?

Pendant les deux jours qui suivirent, Kimura ne vit pas une seule fois Ogawa. Seul son homme de main lui apportait ses repas et veillait à ce qu'il prenne bien ses médicaments. Il restait là de longues heures à regarder par la fenêtre. Il réfléchissait. Il apercevait la voiture partir le matin et la revoyait revenir tard le soir. Kimura ne sortait plus de sa chambre bien qu'il ait l'autorisation de le faire. Bien évidemment, il ne pouvait toujours pas sortir de la résidence. Le jour de la rentrée de la fac approchait à grands pas. Il se demandait si dorénavant Ogawa allait le laisser y aller. Il se passa plus d'une semaine sans qu'Ogawa ne vienne le voir. Kimura se sentait de plus en plus mal. Cet homme lui manquait terriblement. Son odeur lui manquait. Sa façon à lui de s'occuper de lui, de lui parler, de le rassurer…

— Finalement, se dit-il. Je crois bien que je ne pourrais plus vivre sans lui.

Il s'assit dans un coin de la chambre et se mit à pleurer.

— Pourquoi ? Pourquoi cet homme me fait tant d'effet ? Pourquoi je me sens en sécurité en sa présence ? Pourquoi lui ?

D'autant plus que depuis que Kimura ne l'avait pas revu, il commençait à faire des rêves étranges. Des rêves qui le laissaient rouge de honte la plupart du temps. Se pouvait-il qu'il soit tombé amoureux de cet homme ? Lui, d'un homme qui de plus est ? Et pas n'importe lequel, un chef Yakuza ?

Il fut réveillé par Osami plusieurs heures plus tard.

— Est-ce que tout va bien ? Avez-vous fait un malaise ? lui demanda-t-il.

— Non, je crois que je me suis endormi tout simplement.

— Il ne faut pas dormir ainsi, lui dit-il en l'aidant à se relever. Vous allez vous inquiéter, Monsieur Ogawa.

— S'il était vraiment inquiet pour moi, pourquoi ne vient-il pas me voir dans ce cas ? rétorqua Kimura.

— Il a laissé beaucoup de travail en retard pour s'occuper de vous. Il travaille dur pour le rattraper. Soyez patient, vous le reverrez bientôt. En attendant, c'est moi qui vais vous déposer à la fac. Alors, préparez-vous.

Il lui tendit ses médicaments. Il attendit que celui-ci les ait vraiment pris pour sortir de la chambre.

Lorsque Kimura fut prêt, Osami l'accompagna à la fac en voiture. Kimura aperçut les nombreux gardes du corps qui circulaient non loin.

— Ogawa ne veut pas me laisser libre, dit Kimura.

— Il veille à votre sécurité tout simplement.

Kimura sortit de la voiture et pénétra dans l'enceinte de la fac non sans avec quelques appréhensions. Cela faisait un bon moment qu'il n'avait pas vu autant de gens. Il était impressionné par autant de monde et se sentait un peu perdu. Il ne connaissait absolument personne, ce qui n'arrangeait pas les choses. Il prit connaissance de son emploi du temps et se dirigea vers les premières salles de cours. La matinée passa rapidement. Il déjeuna seul dans le parc attenant de la fac. Il aperçut de loin deux ou trois hommes d'Ogawa qui semblaient se promener l'air de rien.

— Impossible de prendre la poudre d'escampette, se dit-il en les observant en biais.

Il se demandait de toute façon où il pourrait bien aller. Il pouvait déjà s'estimer heureux de pouvoir continuer ses études. Ce n'était pas donné à tout le monde. Ogawa avait payé tous les frais. Kimura retourna en cours en début d'après-midi. Le soir, Osami l'attendait à la sortie de la fac. Il le ramena directement à la résidence. Après avoir un peu travaillé sur ses livres et avoir pris son repas, Kimura s'allongea sur le lit. Il ne tarda pas à s'endormir tant cette journée l'avait exténué.

Le lendemain, Osami l'amena de nouveau à la fac. Kimura rencontra un jeune homme, Atami, qui avait visiblement les mêmes cours que lui. Il lui proposa de déjeuner ensemble le midi.

— Alors, comment tu trouves la fac ? lui demanda celui-ci.

— Je m'attendais à ce que ce soit plus violent.

— Parce que c'est une fac pleine de jeunes Yakuza ? demanda celui-ci en riant. T'es nouveau toi ! Cela se voit ! Non ! Bien au contraire, c'est beaucoup plus calme que les autres facs. Ça ne doit pas faire longtemps que tu es dans leur rang.

— Non, à peine deux mois en vérité.

— Et de quel clan tu es ?

Kimura ne sut pas quoi répondre. Il est vrai qu'il n'avait jamais demandé d'informations à Ogawa sur ce sujet. Il lui montra tout simplement son tatouage.

— Tu es sous la juridiction du clan Ogawa ? s'exclama le jeune homme. Alors ça, c'est sûr, personne ne va te chercher des noises, crois-moi !

— Tu connais leur clan ?

— Le mien travaille pour eux depuis des années. Ogawa est le plus célèbre et le plus grand chef de clan des Yakuza du secteur. Il a une solide réputation. Il est très respecté. Il est juste et loyal. T'as beaucoup de chance !

— Mon père disait que les Yakuza étaient des brutes sans cervelle, qui tuaient tout sur leur passage. Ils vivaient de beaucoup de choses totalement illégales comme le crime, la prostitution et j'en passe. Qu'ils obligeaient certains à se tuer lorsqu'ils avaient failli, ou se couper un doigt.

— Eh bien, mon vieux ! Faut te mettre à la page, tu sais ! Les temps ont changé. Si certains clans pratiquent encore ce genre de choses, beaucoup ne le font plus. Ton clan, par exemple, il est celui le plus respecté. Ogawa possède des champs de courses, de nombreux chevaux qui sont des cracs, des salles de sport et diverses entreprises. Il n'a pas besoin de se mettre dans l'illégalité pour vivre correctement, crois-moi. Par contre, si un autre clan s'en prenait à un des siens, il ne prendrait pas de gants. Cela, je peux te l'affirmer pour en avoir été témoin une fois.

— Alors Ogawa travaille comme tout le monde ? demanda Kimura totalement surpris.

— Je pense pouvoir dire oui. Tu sais, certains clans collaborent même avec la police pour résoudre certaines affaires ou les aider dans le maintien de l'ordre. Du coup, la police leur laisse une petite marge de liberté en contrepartie. Le clan Ogawa a participé à plusieurs enquêtes ces dernières années. Il est très apprécié par la police locale.

— Je ne voyais pas les choses de cette façon.

— Ton clan ne t'a pas informé de tout ça ?

— Je n'ai jamais parlé de ça avec Ogawa.

— Ogawa ? Tu veux dire Ogawa, le chef de clan en personne ?

— Je vis chez lui actuellement, dit Kimura en regardant au loin.

— Alors, il t'a pris comme amant ?

— Quoi ? s'écria Kimura en se levant subitement. Non, mais ça ne va pas de dire ça comme ça !

— Oh, désolé. Je croyais que vous l'étiez. Des rumeurs disent qu'il préfère les hommes. Vu que personne ne l'a vue avec une femme une seule fois. Pourtant les autres Yakuza, eux, ne s'en privent pas.

— Certainement pas !

— Tu sais, aujourd'hui les choses ont changé. Ça ne dérange plus grand monde de voir deux hommes ensemble.

— Nous ne sommes pas amants ! protesta Kimura brutalement. Aucun risque que cela n'arrive !

— C'est bon, j'ai compris ! répondit Atami en fronçant les sourcils. Pourtant le tatouage affirme le contraire, mais bon… Tu as une petite amie alors ?

— Non !

— Ah. Bien, ça viendra certainement. Tu es plutôt mignon, tu sais. Mais personnellement, je te verrais plus avec un homme.

La sonnerie de la reprise des cours retentit au grand soulagement de Kimura qui n'avait pas envie de continuer la discussion sur ce sujet. Ils retournèrent donc à l'intérieur sans dire un mot.

Sur le chemin du retour, Kimura n'ouvrit pas plus la bouche dans la voiture qui le ramenait à la résidence. Il réfléchissait à ce que ce jeune garçon lui avait raconté sur les Yakuza en général. Cela faisait un peu plus de trois mois qu'il vivait sous la tutelle d'Ogawa. Il n'avait jamais vu de violence autour de lui. Excepté lorsque celui-ci était attaqué ou que l'on s'en était pris à lui. Ogawa l'avait protégé. Il avait pris soin de lui. Kimura se sentit soudain encore plus mal. Il avait jugé cet homme sans vraiment le connaître. Sans vraiment lui donner une chance. Pourtant, il lui faisait peur. Peur parce qu'il avait bien compris que celui-ci aimait les hommes. Terrorisé parce qu'il avait compris que celui-ci était amoureux de lui. Il avait compris que celui-ci ne le laisserait pas partir. Il avait peur lui-même de ses sentiments qu'il commençait à éprouver. Il ne savait pas comment réagir. Le repousser ou céder à ses avances. Tout cela lui le rendait anxieux. D'un sens comme de l'autre. Il ne savait plus quoi faire.

Osami le raccompagna directement dans sa chambre. Cela faisait maintenant trois bonnes semaines qu'il n'avait pas vu Ogawa. Trois semaines sans son odeur. Cette nuit-là, il n'arriva pas à dormir. La veille, il avait à peine mangé. Osami avait repris le plateau-repas en fronçant les sourcils.

Le lendemain, Atami lui présenta un autre garçon qui souhaitait visiblement le rencontrer. Ils mangèrent à trois ce jour-là. À la fin des cours, Kimura retrouva ce jeune garçon à la sortie de la bibliothèque de la fac. Celui-ci lui demanda s'il pouvait l'aider à retrouver ses clefs qu'il aurait perdues sur leur lieu de repas. Ils cherchèrent un bon moment avant que Kimura se retrouve plaquée au sol avec un mouchoir humide collé contre le visage. Il se débattit sur le moment, mais perdit rapidement connaissance.

Il se réveilla avec un mal de tête atroce. Il était debout, les deux mains attachées en hauteur contre un mur.

— Alors, c'est toi le petit protégé d'Ogawa ? fit un homme en observant Kimura avec attention. Je n'aurais jamais cru que tu sois aussi jeune ! Mais je comprends pourquoi il t'a choisi. Tu es vraiment mignon en fait. L'homme lui prit le menton et le regarda, son visage en détail. Vraiment mignon ! Il t'a fait grimper au rideau ?

Kimura afficha une expression outrée. Comment se faisait-il que cela lui arrivait à lui ? Lui qui croyait que personne n'aurait osé s'attaquer au clan Ogawa d'après les dires de Atami. S'il le revoyait, celui-là, il aurait deux mots à lui dire !

— Oh, je vois ! fit l'homme en le relâchant. Il ne t'a pas encore touché. Il est vraiment sage, cet

Ogawa. Il prend son temps. Le plaisir n'en sera que meilleur.

— Je ne comprends pas, dit Kimura lentement. Que voulez-vous de moi ? Je ne suis pas quelqu'un d'important.

— Pour toi peut-être, mais pour Ogawa tu l'es. C'est simple. Ogawa m'a fait perdre une certaine quantité d'argent à cause de ses foutus principes à la con ! Je veux lui faire comprendre ce que c'est, de vraies Yakuza. Il fait partie de ces nouveaux dirigeants complètement ramollis. De mon temps, on était des hommes ! Des vrais !

— Je ne vois pas ce que je viens faire dans tout ça !

— C'est simple. Je suis sûr que ton futur amant va s'inquiéter pour toi et venir te chercher. Je vais l'attendre de pied ferme. On lui réserve une belle petite fête de bienvenue.

— Nous ne sommes pas amants ! protesta Kimura.

— Pas encore, dit l'homme avant de sortir avec un sourire que Kimura n'aima pas du tout. Mais ça viendra. Tu peux en être sûr. À moins que je passe avant lui. Je suis sûr qu'il serait furieux. Très furieux même !

L'homme lui caressa le visage avec sa main. Kimura détourna la tête de dégoût. Finalement, l'homme sortit à son grand soulagement.

Kimura resta de longues heures ainsi. Il commençait à avoir mal aux mains et aux poignets. On ne lui avait pas apporté de repas. Ne sachant pas combien de temps il avait dormi, il lui était impossible de savoir combien de temps il était prisonnier de cet endroit. L'inconnu vint le voir plusieurs fois et lui posa diverses questions, dont Kimura n'avait aucune réponse. Il n'était pas au courant des affaires d'Ogawa. Et il ne voulait pas l'être. L'homme s'était même permis de le gifler une ou deux fois, n'obtenant pas de réponse. Par ces venues incessantes, il empêchait Kimura de dormir et lui faisait faire perdre la notion du temps.

— Alors ? Tu ne veux toujours pas répondre à ma question ? lui demanda l'homme ne lui prenant une nouvelle fois le menton.

— Même si j'en connaissais la réponse, je préfère mourir que de trahir Ogawa ! répondit lentement Kimura en fermant les yeux.

— Oh, tu comptes devenir un vrai Yakuza ? En as-tu seulement l'étoffe ? Ne deviens pas yakuza, qui le veut tu sais ?

Kimura se sentait de plus en plus mal. Et surtout, il y avait de nouveau cette légère douleur qui apparaissait de nouveau de temps en temps à sa poitrine. Il n'avait pas pu prendre son médicament pour le cœur. Il allait sans doute refaire un malaise. Sans doute même qu'il allait y passer cette fois !

— Très bien, je reviendrai te poser la question dans trente minutes.

Kimura baissa la tête et ferma les yeux. La douleur était revenue encore un peu plus forte. Sans doute à cause du stress qui augmentait de plus en plus.

— *Je vais sans doute mourir ici, se dit-il. Je ne rêverais sans doute plus d'Ogawa. Ce type... dire qu'il me faisait peur. Il me terrifiait. Et voilà maintenant que je voudrais le revoir. Je voudrais sentir son odeur de nouveau. Je voudrais qu'il vienne me chercher. Qu'il me protège et prenne soin de moi. Même ce foutu kimono blanc me manque... Pourquoi ? Pourquoi je n'ose pas lui dire la vérité sur mes sentiments. Pourquoi je me voile la face. Est-ce que je l'aime ? En ami ou en tant qu'amant ? Pourquoi je fais ces rêves étranges et pourquoi mon corps me brûle lorsqu'il est trop proche de moi ? Je n'aurais sans doute jamais la réponse à mes questions. Je vais mourir. Mourir ici en tant que Yakuza du clan Ogawa. Finalement, c'est peut-être une belle mort. Une mort honorable. C'est bien plus que je ne l'aurais imaginé.*

L'homme revint et lui tapota la joue afin qu'il ne dorme pas. Il lui posa une autre question.

— Alors, que sais-tu sur ce magnifique cheval qu'Ogawa cache si bien. Il paraît que c'est un futur crack, mais qu'il ne garde aucun cavalier sur son dos. À part un seul homme, d'après les rumeurs récentes. Je veux savoir qui il est.

Kimura sourit sans s'en rendre compte. Ce fameux cavalier, il le connaissait bien, très bien même !

— Je vois que ça te parle, ça !

— Je ne vous dirai rien, même si vous me torturez. Je mourais probablement avant, de toute façon.

— J'ai torturé un homme pendant plus de deux jours en prenant mon temps, vois-tu ? Alors je peux faire en sorte que cela dure encore beaucoup plus longtemps pour toi. Mais vu ta fragilité, je doute que tu tiennes plus d'une journée ! Voir même quelques heures.

— Pour information, j'ai un problème au cœur, donc si vous voulez me torturer, ne vous gênez surtout pas. Si mon cœur me lâche, ce ne sera qu'une délivrance pour moi. Contrairement à ce que vous pouvez penser, cela ne durera pas autant que vous l'espérez et vous n'aurez aucune information de toute façon, car je ne sais rien. Je ne me suis jamais investie dans les affaires d'Ogawa et cela ne m'intéresse absolument pas. Ma vie n'a que très peu d'importance pour moi. Alors, ne vous gênez pas.

L'homme se mit à rire.

— Et tu crois que tu vas me faire avaler ça ! C'est pathétique !

Il le gifla de nouveau.

— Faites comme vous voulez. Je n'ai plus rien à perdre de toute façon. J'ai déjà tout perdu.

L'homme sortit soudain un couteau et le pointa sous le cou de Kimura.

— Tu n'as pas peur de mourir ? Je ne connais aucun homme qui n'ait peur de mourir. Et si je te découpais en morceaux ? Cela te dirait de voir ce que tu as à l'intérieur de ton corps ? Je peux te montrer tes organes un par un !

— Je m'en fous, répondit Kimura en grimaçant de douleur.

Cette fois, il sentit comme une violente décharge dans la poitrine.

— Eh ? Tu me fais quoi là ? Eh ?

Kimura baissa la tête et ferma les yeux.

— Eh ? s'inquiéta l'homme.

Il lui mit quelques gifles, mais Kimura ne réagit pas cette fois. Il ne bougeait plus et gardait les yeux totalement fermés.

— Merde ! Il a vraiment fait un malaise ! cria celui-ci.

La porte explosa soudain et deux hommes apparurent à l'entrée.

Ogawa et Osami entrèrent précipitamment. Ogawa se jeta aussitôt sur l'homme et le mit KO rapidement. Osami se précipita sur Kimura et le détacha sans attendre. Il sortit une seringue d'une petite pochette et lui fit rapidement une injection.

Il attendit ensuite nerveusement en lui prenant son pouls.

— Allez petit ! Reviens ! Tu es beaucoup trop jeune pour mourir ! Reviens ! Ne nous laisse pas tomber ! Pas maintenant !

Ogawa prit Kimura dans ses bras.

— Kimura ! Ne me laisse pas ! Je t'en prie ! Ne me laisse pas ! J'ai besoin de toi ! Kimura !

Kimura se sentait étrange. Son esprit vagabondait. Par moment, il se trouvait torturé, par d'autres, il se trouvait en paix. C'était comme s'il flottait au milieu des nuages. Était-ce un rêve ou la réalité ?

— *Je vais mourir, se dit-il. J'aurais voulu voir le visage d'Ogawa. J'aurais voulu sentir son odeur, entendre sa voix une dernière fois.*

Les nuages se dispersèrent soudain. Il entendit une voix au loin. Une voix qui l'appelait. Et il y avait bien cette odeur. Cette odeur qui persistait. Ce n'était pas un rêve. Cette odeur qu'il reconnaissait que trop bien. Était-ce un rêve ?

— Kimura ! Je t'en prie ! Kimura revient !

Kimura bougea légèrement. Il sentait quelque chose de doux et chaud contre sa joue. C'était vraiment agréable.

— Ogawa… réussit-il à dire.

— Il revient ! annonça Osami avec soulagement. Nous sommes arrivées à temps ! Il est sauvé !

Ils sortirent rapidement en emmenant Kimura. Celui-ci se trouvait dans les bras d'Ogawa. Il ouvrit légèrement les yeux. Il put entre-apercevoir les nombreux corps étendus dans les couloirs. Ogawa lui cacha brièvement les yeux de sa main et Kimura sombra de nouveau dans le néant.

5

« *Sans m'en rendre compte, j'étais déjà devenu l'un des leurs… * »

Kimura se sentait bien. Il était confortablement allongé dans son lit. Quelque chose de chaud et agréable se trouvait derrière son dos. De plus, il y avait cette odeur qu'il aimait tant. Cette fois, il la sentait partout. C'était tellement agréable qu'il aurait souhaité que cela dure une éternité. Il sentit soudain une vague présence devant lui. Il ouvrit les yeux subitement. Osami le regardait en lui faisant chuter avec son doigt. Kimura comprit soudain ce que c'était, cette chose agréable derrière lui, en apercevant la main qui entourait son ventre comme pour le protéger.

— Ne le réveillez pas s'il vous plaît ! dit Osami à voix basse. Il est resté deux jours sans dormir auprès de vous.

Kimura n'osa plus bouger. Il devint brusquement rouge pivoine.

— Ogawa ? dit-il à voix basse en regardant Osami.

Celui-ci lui fit un signe affirmatif de la tête.

— Je dois vous faire une autre injection pour votre traitement habituel.

Kimura lui fit un signe affirmatif de la tête. Il n'avait pas la force de résister de toute façon. Même s'il avait une trouille bleue des aiguilles.

Osami lui prit doucement le bras et lui fit rapidement son injection, et les laissa seuls.

Kimura se retourna légèrement. Il aperçut derrière lui Ogawa qui dormait profondément. Il était rassuré. Rassuré et heureux. Il sourit. Ogawa était venu le chercher. Il s'était inquiété pour lui. Il reposa sa tête sur l'oreiller et ferma les yeux. Machinalement, il prit la main d'Ogawa et la porta contre son cœur et s'endormit.

Osami, qui était resté à l'entrée, sourit lui aussi en les observant. Il ferma ensuite la porte de la chambre doucement.

— Encore un peu de temps, dit-il. Et ces deux-là vont finir ensemble. Encore un peu de patience, monsieur Ogawa.

Lorsque Kimura se réveilla, il était de nouveau seul dans son lit et dans sa chambre. Il se leva lentement et se dirigea dans la salle de bains. Il s'aspergea d'eau son visage. Cette aventure lui avait donné à réfléchir. Il ne savait plus quoi faire.

Mais il s'était rendu compte d'une chose. Il ne voulait plus vivre loin de cet homme. Cette fois, il en était sûr. Mais il ne voulait pas lui dire. Il avait encore peur. Trop peur. Lorsqu'il retourna dans la chambre, un plateau-repas avait été déposé sur la petite table. Il regarda la chambre vide avec une certaine déception. Il se mit à table et découvrit les cachets qu'il devait prendre chaque jour. Il les prit et mangea tranquillement. Lorsqu'il eut fini, il partit se laver et s'habiller. Il sortit de la chambre faire un tour à l'extérieur. Il aperçut de nouveau les gardes au loin. Cela le fit sourire. Finalement, même ceux-là lui avaient manqué. Il s'assit sur l'un des bancs ornant le jardin et se contenta de rester là à regarder au loin en profitant de ce joli soleil matinal. Au bout d'un moment, il perçut une présence. Son cœur se mit à battre de plus en plus vite. Il n'avait pas besoin de se retourner pour savoir quelle était la personne qui était derrière lui.

Celle-ci s'apprêtait visiblement à repartir. Kimura se leva rapidement et se dirigea vers lui. Ogawa se retourna et le regarda. Leurs yeux se croisèrent. Kimura comprit à son regard qu'Ogawa hésitait. Contre toute attente, il courut vers cet homme et se jeta littéralement dans ses bras. Celui-ci eut un mouvement d'étonnement avant de prendre Kimura dans ses bras, lui aussi.

— Ogawa !

— Kimura ?

— J'ai vraiment eu peur ! Ce type en avait après toi ! Il voulait se venger !

— Ne t'inquiète pas. Il ne te fera plus jamais de mal.

— Ne me laisse plus jamais ! S'il te plaît ! Ne me laisse plus !

Ogawa ne sut quoi dire par cette révélation. Il était totalement surpris et ne s'y attendait vraiment pas. Il aurait pensé que Kimura le détesterait. Après l'histoire du tatouage et cet enlèvement à cause de lui. Non, bien au contraire, il venait de lui avouer ses sentiments. Décidément, ce garçon était bien étrange. Il l'étreignit encore plus fort. Il était le plus heureux. Le plus heureux des hommes.

— Je ne te laisserai plus. Plus jamais ! C'est promis.

Ogawa profita pleinement de cet instant. Kimura lui avait enfin ouvert son cœur. Mais il savait que ce moment n'était que temporaire. Il avait sans doute vraiment eu peur. Il lui faudrait encore beaucoup de patience pour que Kimura accepte ses propres sentiments. Ogawa le savait.

Le lendemain, ce fut Ogawa en personne qui l'accompagna à la fac. Kimura fut étonné de trouver Atami qui visiblement les attendait.

Il s'inclina devant Ogawa.

— Je vous prie de m'excuser, Monsieur Ogawa. C'est à cause de moi que Kimura a été enlevé par ce traître.

— C'est aussi grâce à toi que nous avons pu le retrouver, il me semble, répondit celui-ci.

Atami releva la tête, visiblement surpris et soulagé à la fois.

— Je vous remercie, monsieur.

— Allez ! Vous allez être en retard ! Il remonta dans sa voiture et repartit en saluant Kimura.

Atami s'inclina devant Kimura.

— Je te prie de m'excuser également.

— C'est bon, fit celui-ci. C'est de l'histoire ancienne maintenant.

Il se dirigea vers les salles de classe. Atami le suivit.

Il se passa plusieurs jours ainsi. Ogawa emmenait et ramenait Kimura à la fac chaque jour. Ils mangeaient ensemble le soir, la plupart du temps. Les premiers examens approchaient. Kimura travaillait tard le soir. Osami l'avait récemment examiné et avait diminué son traitement. C'était plutôt bon signe. Il semblait satisfait. Depuis que Kimura était revenu, il était plus calme et moins stressé. Il regardait ces deux-là en se demandant quand ils allaient enfin se décider à s'avouer leurs sentiments. Il en parla à Ogawa un soir.

— Ça crève les yeux que vous ayez des sentiments l'un pour l'autre !

— Kimura n'est pas prêt encore pour ce genre de relation, répondit celui-ci. Même si je suis certain maintenant qu'il m'aime aussi. Mais je sais également qu'il lui faudra du temps pour l'accepter. Le brusquer ne mènera à rien. Je dois m'estimer heureux qu'il accepte la situation.

— Vous avez sans doute raison. Mais la vie est courte. Tu as déjà failli le perdre. Ne l'oublie pas.

— Vous savez, l'autre jour, quand je me suis réveillé et qu'il dormait près de moi, il tenait ma main contre son cœur. À ce moment-là, j'étais le plus heureux des hommes. L'autre fois, quand nous nous sommes vus, il a couru vers moi et s'est jeté littéralement dans mes bras. C'était spontané. Jamais il n'aurait fait ça en temps normal. Même s'il ne l'a pas refait ensuite et qu'il semble de nouveau garder ses distances physiquement, du moins, je suis absolument certain qu'il m'aime. Et cela me suffit pour l'instant.

— Je vois. Vous avez peut-être raison. Maintenant, il est plus calme et moins stressé. Je lui ai d'ailleurs diminué son traitement. Si ça continue, il pourra de nouveau vivre sans.

— C'est une bonne chose. Je vous remercie pour ce que vous avez fait.

— Y a pas de quoi. Je suis votre second, mais vous êtes aussi mon ami. Ne l'oubliez pas.

Le lendemain, Kimura fut étonné de voir Osami venir le chercher à la fac.

— Ogawa a eu une urgence à traiter. Il s'excuse, mais il rentrera tard. C'est donc moi qui vais vous raccompagner.

Le soir, Kimura mangea seul dans sa chambre. Ogawa n'était visiblement pas encore revenu. Il aurait tellement voulu être avec lui. Le jeune homme était inquiet.

— Cet homme m'a sauvé la vie, se dit-il. Il m'a sauvé. Sauvé de cette vie monotone. Je ne pourrais plus vivre sans lui maintenant.

Kimura n'eut pas le courage d'ouvrir ses livres pour étudier. Il ne savait pas pourquoi, mais il sentait que quelque chose l'inquiétait. Il avait peur. Cela lui prenait dans les entrailles. C'était relativement désagréable.

— Je dois me faire des idées.

Finalement, il s'endormit sur son bureau. Ce fut l'agitation anormale et le cri de différentes personnes qui le réveillèrent en pleine nuit. La résidence était toujours allumée, ce qui n'était vraiment pas normal. Il sentait que quelque chose devait se passer. Il se leva subitement et se précipita dans le hall d'entrée. Celui-ci était rempli d'hommes armés qui discutaient à voix haute. Mais ce qui inquiéta le plus Kimura, c'était qu'il n'y avait pas la présence d'Ogawa. Cette fois, il en était sûr, il lui était arrivé quelque chose ! Il eut une boule énorme au ventre. Il chercha une personne connue pour demander des explications, tandis que son cœur se mit à battre de plus en plus vite. Il avait du mal à respirer et du mal à se déplacer. Cela faisait longtemps qu'il n'avait pas été stressé à ce point-là.

En général, il savait comment cela allait se terminer s'il ne trouvait pas un moyen de se calmer. Mais il n'y arrivait pas. Il était persuadé qu'il était arrivé quelque chose à Ogawa. Cette pensée l'obsédait et l'empêchait de se calmer. Il aperçut soudain Osami qui aboyait des ordres au téléphone. Celui-ci l'aperçut également, il baissa le téléphone lentement. Ce simple regard suffit à Kimura pour comprendre. Le sol se déroba sous ses pieds.

Il se réveilla allongé sur le canapé. Osami lui avait visiblement fait une injection.

— Kimura. Ne bougez pas pour l'instant. Vous avez fait un malaise.

— Dites-moi ce qui s'est passé et ne me mentez pas s'il vous plaît, dit Kimura lentement en le regardant droit dans les yeux.

— Je ne vais pas vous mentir. Ogawa avait rendez-vous avec une personne importante. Je ne comprends pas pourquoi il y a été seul. Mais après le rendez-vous, il a visiblement disparu. Nous n'avons plus aucune nouvelle de lui depuis plus de six heures maintenant, ce qui n'est pas normal. Tous ses hommes et les autres clans sont à sa recherche. Nous avons trouvé sa voiture vide à trente minutes de son lieu de rendez-vous. Mais nous n'avons rien trouvé d'autre. Personne n'a revendiqué son enlèvement. Nous n'avons actuellement aucune piste. J'ai appelé également le chef de police du secteur avec lequel nous travaillons parfois. Nous n'en savons pas plus. Il faut attendre.

— Attendre ? Mais ils pourraient le tuer, ils pourraient… commença Kimura en voulant se relever.

Osami le retient et l'obligea à rester couché.

— Non ! Vous ne pouvez pas vous lever dans votre état. Vous devez vous reposer.

Osami fit un signe à l'un des hommes postés près de lui qui semblait attendre.

— Je ne peux pas ! cria Kimura. Je… Je dois retrouver Ogawa ! Je…

L'un des hommes qu'il n'avait pas eu le temps de voir présenta une fiole avec un liquide devant le nez de Kimura, celui-ci tourna de l'œil immédiatement. Osami le recoucha.

— Merci. Pour l'instant, il vaut mieux qu'il reste calme et qu'il se repose. Restez près de lui.

Kimura ne se réveilla qu'au petit matin. On l'avait reconduit dans sa chambre. Un garde attendait près de lui. Sur le coup, il sursauta.

— J'ai reçu l'ordre de veiller sur vous, dit simplement celui-ci en lui jetant un bref regard.

Kimura se leva lentement et se dirigea dans la grande salle, le regardant sur ses pas. Il trouva Osami dans le salon.

— Des nouvelles ?

— Non, aucune, répondit Osami en l'observant attentivement. Mais c'est une technique habituelle. On laisse les gens s'inquiéter quelques heures, voire un jour ou deux. Après, ils nous contactent par téléphone pour donner leurs exigences.

— Ogawa possède bon nombre d'ennemis !
Qui vous dit qu'ils ne l'ont pas déjà tué ! s'écria
Kimura.

— Parce qu'ils se seraient déjà empressés de
se vanter autrement. Ogawa a une meilleure valeur
vivant que mort. Non. Je suis sûr qu'ils vont exiger
quelque chose en retour. Il faut attendre. Même si
c'est dur, nous n'avons pas le choix. Ne vous
inquiétez pas, il n'est pas le genre d'homme à se
laisser abattre ou se faire tuer aussi facilement.

L'attente dura jusqu'au soir, tard dans la nuit.
Kimura commençait à piquer du nez lorsque le
téléphone sonna, le faisant sursauter.

Osami mit le haut-parleur en route et fit signe
aux autres hommes qui enclenchèrent un petit
appareil espérant ainsi localiser l'appel.

« Votre chef de clan a été invité pour un petit
séjour chez nous. Notre exigence est claire.

Rendez-vous demain soir au champ de courses avec votre fameux crac et votre super jockey qui a su le monter. J'emmènerais le mien également et ils feront la course. Si je gagne, je tue Ogawa et je prendrai la direction de son clan. Si je perds, je mettrai mon clan à votre service. Si vous venez à plusieurs, je tue Ogawa. Votre présence Osami et celle de ce jockey sont largement suffisantes. Si vous ne respectez pas ces conditions, je le découpe en morceau et vous les enverrai petit bout par petit bout par courrier !»

La personne raccrocha. L'homme qui tentait de capter d'où venait l'appel émit un signe négatif de la tête.

Kimura, qui comprit qu'ils n'avaient pas réussi à capter l'appel, soupira.

— Bon, la bonne nouvelle c'est qu'il est vivant, dit Osami. La mauvaise c'est que nous n'avons pas de jockey.

Kimura fronça les sourcils. Osami n'avait visiblement plus l'air inquiet.

— Je le ferais ! s'écria soudain Kimura.

— Vous ferez quoi ?

— Je monterais ce cheval !

— N'y pensez même pas ! lui cria Osami. Ogawa ne serait certainement pas d'accord avec ça !

— Ogawa n'est pas là ! répondit Kimura en regardant Osami avec sérieux et prenant de la hauteur.

Celui-ci fut tellement surpris par la réaction du jeune homme qu'il ne sut pas quoi répondre sur le moment. Il n'avait jamais vu Kimura dans cet état-là.

— Dois-je vous montrer ceci ? continua Kimura en lui montrant son tatouage. Ceci dit que je fais partie du clan Ogawa définitivement maintenant. Et en tant que tels, en tant que membres, ne sommes-nous pas censés aider par tous les moyens possibles un autre membre du clan ? Alors, en tant que membre relativement proche, je veux le faire et ni vous ni personne ne peut m'en dissuader !

Osami observa une nouvelle fois ce jeune homme plus attentivement. Son regard avait changé. Jamais il ne se serait attendu à ce que celui-ci non seulement lui tienne tête, mais en plus, il venait de revendiquer son appartenance au clan haut et fort pour la première fois. Il savait qu'il n'aurait pas le choix. Kimura se trouvait au même niveau qu'Ogawa. Il ne pouvait plus refuser. C'était contre les règles du clan. Kimura venait de revendiquer ses droits pour la toute première fois, sans doute, sans le savoir ou sans réaliser la situation dans laquelle il se mettait.

— C'est trop dangereux ! tenta vainement Osami.

— La course aura lieu demain soir, vous n'aurez pas le temps de trouver un autre jockey !

— Kimura, vous avez fait un malaise hier, et vous n'êtes jamais monté sur un cheval auparavant ! Comment comptez-vous vous y prendre ?

— C'est simple. Emmenez-moi dans un centre équestre ce matin. Je prendrais des cours en accéléré.

— Je croyais que vous aviez peur de tout ce qui s'appelait bête ! De plus, ce cheval est un pur-sang, pas un cheval de balade ! Vous croyiez pouvoir faire quoi dans votre état !

— Je me fous royalement de mon état ! Je ne vais pas laisser Ogawa se faire tuer ! J'ai déjà monté ce cheval, alors je pourrais bien le refaire !

— Là, il s'agit d'une course ! Une course avec un pur-sang ! Il ne s'agit pas de monter seul sur un hippodrome vide et attendre qu'il ait fini de courir ! Il y aura l'autre cavalier avec cet autre cheval !

— Ce cheval connaît parfaitement ce qu'il doit faire. Comme vous l'avez dit, c'est un crack ! Il nous l'a parfaitement montré l'autre soir. Alors moi, j'ai juste à rester dessus et le laisser faire !

Osami comprit qu'il n'aurait pas le dessus cette fois. Non seulement cela, mais Ogawa, en faisant tatouer Kimura, lui avait donné sans le réaliser toute l'autorité du clan en son absence. Il n'eut d'autre choix que d'accepter de la tête. De toute façon, il n'avait aucune autre solution à proposer. Et les lois du clan étaient contre lui. Même si Ogawa lui reprocherait par la suite, il ne pouvait guère s'y opposer.

Lorsqu'ils arrivèrent au champ de courses, le pur-sang était déjà là. Ils aperçurent plusieurs hommes non loin qui semblaient attendre. L'un, en tenue de jockey, se trouvait sur un autre pur-sang. Ogawa se trouvait au milieu de deux hommes armés. Il regarda Osami arriver avec Kimura qui jeta un regard noir aux deux hommes.

— Osami ? Ne me dis pas que…

— La ferme ! lui cria l'autre homme en sortant une arme à feu et en la pointant sur lui.

Kimura était en tenue de jockey et avançait sûr de lui en regardant froidement cet homme. Ogawa ouvrit de grands yeux. Était-ce bien Kimura qu'il apercevait ? Il ne l'avait jamais vu avec un tel regard. Le jeune homme semblait sûr de lui et visiblement bien déterminé. Heureusement qu'il n'était pas armé, Ogawa n'aurait pas été surpris qu'il ne s'en servirait pas à ce moment-là.

— Ne me dites pas que c'est cet avorton qui va monter ce pur-sang ? s'écria l'homme visiblement surpris.

Il avait entendu parler de cet étalon hors du commun, mais qui ne gardait aucun de ses jockeys avant la course. Il était sûr de gagner.

— Ça vous pose un problème, répondit Kimura avec insolence, tout aussi déterminé.

Ce qui surprit encore plus Ogawa, qui jeta un bref regard à Osami, qui se contenta de hausser les épaules.

— Oui. Pour pouvoir faire cette course, il faut que tu sois un membre à part entière du clan Ogawa. Si ce n'est pas le cas, Ogawa aura déjà perdu.

Kimura sourit, se permit même un petit rire, se dirigea vers le pur-sang sans fléchir une seule fois. Ogawa regarda une nouvelle fois Osami avec interrogations, se demandant bien si c'était le même Kimura. Celui-ci lui répondit en levant les deux mains en l'air comme s'il n'y pouvait rien. Lui-même ne semblait pas en revenir de cette situation.

Kimura s'approcha du pur-sang qui émit un petit hennissement de contentement en se frottant à lui. Il semblait l'avoir reconnu.

— Écoute-moi, je vais avoir besoin de ton aide. Je compte sur toi.

Il le flatta un moment et monta en selle avec l'aide du palefrenier. Le pur-sang se mit aussitôt à danser, mais Kimura tenait fermement les rênes. Il fit marcher le pur-sang au pas et s'arrêta devant l'homme en costume.

Ogawa ouvrit la bouche et la referma sans un son. Il n'en revenait pas.

— Je pense que ceci vous prouvera que je suis un membre à part entière du clan Ogawa.

Kimura lui montra son tatouage. L'homme fronça les sourcils, jeta un bref coup d'œil à Ogawa et reposa de nouveau son regard sur Kimura. Cette fois, une pointe d'inquiétude se lisait sur son visage. Il n'était plus sûr de gagner à cent pour cent.

— Préparez-vous au départ, dit-il simplement.

Ce n'était pas prévu au plan ! Normalement, ils n'étaient pas censés avoir déjà retrouvé un jockey ! Ses informations étaient-elles fausses ? Il jouait gros dans cette histoire, il ne pouvait pas se permettre de perdre !

Kimura se positionna au centre du départ, mais présenta son cheval à l'envers.

L'homme fronça de nouveau les sourcils et se mit finalement à rire.

— Le départ est dans l'autre sens ! lui cria-t-il tandis que l'autre jockey se mit en position en riant lui aussi.

— On dirait qu'il veut courir à l'envers !

On étendit un élastique pour le début du départ. Le pur-sang de Kimura leva brusquement la tête.

— Du calme, mon ami ! dit-il en le flattant. Je te promets que ça ne te touchera pas !

— Tu es sûr que tu sais courir sur un champ de courses ? demanda l'individu entre deux crises de rire.

— Occupez-vous du départ de la course, moi je m'occupe de mon cheval. Voulez-vous ? lança Kimura d'une voix ferme.

Ogawa se mit soudain à rire, lui aussi. Il avait parfaitement compris ce que Kimura s'apprêtait à faire. Comment avait-il pu deviner ? Lui qui n'y connaissait rien en course ? Décidément, ce petit jeune allait de surprise en surprise ! C'était bien son petit Kimura ! Toujours plein de surprises !

— Très bien, débrouille-toi tout seul ! lui cria l'homme qui ne comprenait pas ce qu'il était en train de se passer.

Lorsque l'élastique fut lâché avec un claquement sec, le pur-sang adverse décolla aussitôt. Celui de Kimura sursauta subitement. Kimura lui fit faire un demi-tour subit et il partit aussitôt au triple galop dans le bon sens.

— Qui lui a appris cela ? demanda Ogawa à Osami.

— Il l'a découvert tout seul, en regardant toutes les vidéos des départs, il y a cela à peine deux heures…

Kimura avait compris pourquoi ce pur-sang jetait littéralement tous ses jockeys avant la course. Il avait tout simplement une peur bleue de l'élastique. Ou plutôt du bruit de celui-ci. Il avait tout simplement trouvé la parade, quitte à perdre quelques secondes. Mais ce pur-sang était un crack, il rattraperait aisément ce temps perdu.

— Ce Kimura ! Je crois que j'ai encore beaucoup de choses à apprendre avec lui !

Le pur-sang adverse avait pris la tête, mais celui-ci de Kimura accélérait vivement et se rapprochait de plus en plus de celui-ci. D'autant plus que Kimura tenait parfaitement la position de jockey, comme s'il avait fait ça toute sa vie. Cette fois, il galopait en rythme avec son cheval. Cette fois, ils ne faisaient qu'un ! Cette fois, ils allaient encore plus vite…

— J'espère que vous vous étiez préparé à perdre ! dit Ogawa à l'homme en costume en souriant.

— Vous plaisantez ? C'est mon cheval qui se trouve en tête !

— Oui, mais au prochain tournant ce sera le mien qui passera en tête, et il le restera jusqu'à la ligne d'arrivée.

L'homme qui avait jeté un regard mauvais à Ogawa reporta son regard sur la course. Au virage suivant, le pur-sang de Kimura accéléra brusquement et passa effectivement en tête. Il prit plusieurs longueurs d'avance et passa aisément la ligne d'arrivée.

Kimura flatta le pur-sang et trotta jusqu'à eux.

L'homme fit détacher Ogawa et s'agenouilla devant lui. Il n'avait pas le choix. Il lui avait lancé un défi qu'il avait perdu. Il espérait seulement qu'Ogawa ne l'oblige pas à se tuer.

— Les yakuza n'ont qu'une parole. Je me soumets et soumets mon clan sous votre juridiction.

— J'accepte, fit Ogawa avant de se diriger ensuite vers Kimura.

Celui-ci lui fit un grand sourire avant de tomber brusquement au sol.

— Kimura !

6

« Alors que je pensais ma route toute tracée, un passé dont j'ignorais totalement l'existence surgit brutalement, ... »

Kimura avait repris les cours à la fac. Les jours se suivirent les uns après les autres. Ogawa travaillait parfois tard le soir. Il venait cependant le chercher aussi souvent que possible. Leur relation était toujours au même point. Ogawa estimait que Kimura n'était pas encore prêt et attendait patiemment. Un soir cependant, il l'invita au restaurant. Ils passèrent un bon moment. Kimura était de plus en plus ouvert. Il semblait de plus en plus sûr de lui depuis l'événement de la course. D'ailleurs, il montait dorénavant tous les week-ends dans un centre équestre. Lorsqu'ils rentrèrent, Ogawa l'accompagna jusque dans sa chambre. Kimura n'avait pas bu d'alcool, sachant que cela ne lui réussissait pas. Ogawa le regardait avec attention.

— Kimura ?

— Oui ? répondit celui-ci s'apprêtant à se retourner pour entrer dans sa chambre.

Ogawa s'approcha de lui, lui prit le visage entre ses mains et contre toute attente l'embrassa tendrement. Kimura fut tellement surpris qu'il ne réagit pas sur le moment. Il se trouva lentement plaqué contre le mur. Ogawa se dégagea et s'éloigna dans le couloir sans se retourner une seule fois.

Kimura resta là sans bouger, de longues minutes, complètement interdit. Celui-ci se toucha la bouche avec ses doigts. Il ne savait que penser. Il n'était pas dégoûté. Non, bien au contraire. Il avait apprécié. Il resta encore un moment dans ce couloir vide avant de finalement rentrer dans sa chambre. Il prit place sur le lit pour réfléchir. Il se doutait qu'à un moment donné Ogawa irait plus loin. Son cœur battait de plus en plus vite. Son corps avait réagi à ce baiser. Il dut se calmer avant de pouvoir se lever de nouveau et se débarbouiller dans la salle de bain.

Kimura se coucha peu après. Il se toucha les lèvres une nouvelle fois avant de sombrer dans un profond sommeil. Cette histoire l'avait complètement chamboulé. Il eut de nouveau peur. Un jour, leur relation irait plus loin. Il le savait. Il en avait autant envie, comme il avait envie de fuir, parce que cela le terrorisait. Ils étaient tout de même des hommes ! Le lendemain cependant, Ogawa agissait comme si de rien n'était. Ce qui dérouta Kimura au plus haut point. Il n'osa pas non plus de parler de ce qui s'était passé.

Ce soir-là, Ogawa rentrerait tard. Kimura en profita pour mettre de l'ordre dans ses affaires qu'ils avaient ramenées de chez lui. Elles étaient entreposées dans une pièce à part à l'étage. Il se mit à trier les cartons un par un. Il tomba soudain sur un étrange album photo avec divers articles de journaux datant de quelques années.

— Qu'est-ce que c'est que ça ? s'étonna-t-il.

Il ne se souvenait pas d'avoir ça chez lui ? Il reconnut l'un des cartons qui appartenaient jadis à ses parents. Il ne les avait jamais ouverts. Cela ne l'avait jamais intéressé, après tout, ils l'avaient abandonné.

En regardant à l'intérieur, il tomba sur des photos. Il reconnut ses parents sensiblement dans leur début de romance. Il tourna les pages et fut étonné de voir son père avec plusieurs groupes d'hommes visiblement armés. Il avait perdu son père très jeune et se souvenait à peine de celui-ci. Seuls restaient certains de ses discours concernant les Yakuza. Pourquoi autant de haine envers eux finalement ? Mais ce qui le choqua le plus, c'était le tatouage qu'ils avaient tous au bras. Kimura resta un moment interdit devant celui-ci.

— Un tatouage de yakuza ? Impossible !

Le jeune homme ne comprenait pas. C'était impossible. Dans ses souvenirs, son père détestait les Yakuzas au plus haut point ! Kimura emporta l'album photo dans sa chambre et entreprit des recherches sur l'ordinateur qu'Ogawa avait installé récemment pour l'aider dans ses études. Il chercha l'origine du tatouage. Il mit plusieurs heures avant de trouver celui-ci. Et pour cause, il appartenait à un clan de Yakuza totalement disparu depuis plusieurs années. Kimura entreprit d'autres recherches sur ce clan disparu. Visiblement, son père en faisait partie ! Il tomba soudain sur un article de journal. Ce clan avait participé à l'assassinat de près de la totalité d'un autre clan ! Kimura reconnut avec effroi le tatouage du clan qui avait subi cet acte odieux. Celui-ci appartenait au clan Ogawa !

Kimura resta un moment pétrifié. Son père avait tué des gens ! Des gens de la famille d'Ogawa ! En représailles les autres clans avaient totalement exterminé le clan de son père et l'avaient contraint à se dissoudre. Ils avaient fini par le tuer aussi. Il ne savait pas pourquoi ni comment. Mais une chose était sûre, le clan

Ogawa et celui de son père étaient ennemis. Ce qui faisait de lui également un ennemi. Si Ogawa apprenait la situation, il serait sans doute obligé, de par leur coutume, de le tuer pour continuer la vengeance du clan !

— Ce n'est pas possible ! s'écria celui-ci les larmes aux yeux. Comment je pourrais regarder Ogawa dans les yeux en sachant cela maintenant ? Que vais-je faire ? Que dois-je faire ?

Des larmes plus abondantes coulèrent le long des joues.

— Et moi qui commençais à croire que j'allais vivre avec lui. Vivre avec lui jusqu'à la fin de ma vie ! Vivre enfin une vraie vie ! Pourquoi ? Pourquoi ça doit m'arriver à moi ? Pourquoi cela doit se finir ainsi ?

Kimura tapa du poing sur le bureau.

— Que vais-je faire maintenant ? Que suis-je censé faire ? Ce n'est pas juste ! Pour une fois, ne pourrais-je pas avoir droit au bonheur moi aussi ?

Le lendemain matin, Ogawa, étonné de ne pas apercevoir Kimura au petit-déjeuner, alla frapper à la porte de sa chambre. N'ayant pas de réponses, il entra. Il fut étonné de trouver non seulement la chambre vide, mais également le lit non défait. La sacoche de Kimura qu'il portait généralement à la fac était posée sur le côté de son bureau. Ce qui voulait dire qu'il n'était pas parti à la fac. Il se précipita dans la salle de bains et n'y trouva personne non plus. Sur le coup, il prit peur.

— Kimura ! Kimura cria-t-il en cherchant partout.

Il sortit de la chambre précipitamment et tomba sur Osami.

— Kimura n'est plus là !

— Comment ça, plus là ? Hier, je l'ai raccompagné, il a mangé dans sa chambre et a étudié jusqu'au tard dans la soirée.

— Je ne le trouve nulle part ! Il est parti ! Je suis sûr qu'il est parti !

— Attendez ! Ne tirez pas de conclusion aussi vite !

Osami prit son portable et s'éloigna plus loin.

Ogawa fit les cent pas. Il partit dans son bureau quelques instants et revint peu après.

— Les hommes le cherchent partout dans la résidence et dans le jardin. J'espère qu'il n'a pas fait un malaise quelque part.

— Non, je sens qu'il est parti. Il en a profité maintenant qu'il n'était plus surveillé.

— Attendez ! Il doit forcément y avoir une bonne raison ! Il ne serait pas parti comme ça !

Il se passa toute la journée en recherches sans qu'ils ne trouvent aucune piste. Ogawa avait appelé plusieurs fois la fac. Kimura y avait été absent toute la journée.

— Il n'aurait pas manqué la fac ! C'était trop important pour lui !

— Il a dû se passer quelque chose, en conclut Osami. Il observa la chambre une nouvelle fois. Ses yeux se posèrent soudain sur le voyant de l'ordinateur de Kimura indiquant que celui-ci était en veille. Il se précipita sur le bureau et alluma celui-ci. L'écran s'alluma peu après, affichant l'article de journal paru il y a quelques années auparavant.

— Comment a-t-il eu vent de cette histoire ? demanda Osami. Cela remonte à plusieurs années ! Il n'était même pas né !

Ogawa regarda l'écran lui aussi.

— Peut-on voir quels types de recherches il a effectué ?

Osami pianotant sur le clavier.

— Visiblement, il a fait des recherches sur ce tatouage.

— Mes grands-parents ont été tués par un clan arborant ce type de tatouage. Mon père les a tous exterminés. Mais pourquoi Kimura aurait-il fait des recherches sur cette histoire vieille de plusieurs années ? Je croyais qu'il ne s'intéressait aucunement au Yakuza et à leur histoire de guerre de clans ?

— À mon avis, c'est qu'il ou quelqu'un qu'il connaît doit y être impliqué d'une manière ou d'une autre. Regardez ! Voilà la réponse !

Ogawa aperçut la photo d'un homme avec le fameux tatouage.

— Je ne sais pas qui c'est.

— C'était le père de Kimura. Je l'ai reconnu, car j'avais fait des recherches sur sa famille avant qu'il ne vienne vivre ici. Mais je ne savais pas qu'il faisait partie d'un clan.

— Comment est-ce possible ? fit Ogawa en s'asseyant sur le lit.

Le père de celui-ci aurait commandité cette attaque ?

— Je ne comprends pas. Kimura n'avait aucun tatouage de clan, dit Osami. Ce qui veut dire qu'il ne faisait absolument pas partie de leur clan.

— À tous les coups, cet idiot a cru qu'il était également responsable de ce massacre et a préféré s'enfuir plutôt que de m'en parler.

— Il a dû croire qu'il devait être exécuté lui aussi, vu que ce clan a été exterminé.

— Retrouvez-le-moi. Employez tous les moyens nécessaires, mais retrouvez-le !

— On le retrouvera.

Kimura marchait dans la rue. Il avait demandé son chemin et retrouvé le lieu où il habitait auparavant lorsqu'il vivait avec son tuteur. Il se doutait qu'Ogawa et ses hommes le rechercheraient par-là à un moment donné. Il fallait qu'il fasse vite. Il trouva la personne qu'il recherchait.

— Miura ?

— Kimura ? fit celui-ci totalement étonné. Mais que fais-tu ici ? On m'a dit que tu avais déménagé ! Tu aurais pu me donner des nouvelles ! Ce n'est pas très sympa de ta part !

— Je suis désolé, mais je n'ai pas pu prévenir qui que ce soit. Écoute, j'ai besoin d'aide et d'un peu de temps en tranquillité.

— OK, viens avec moi.

Ils prirent le bus, puis un taxi. Miura le conduisit chez sa grand-mère qui habitait proche d'un village un peu isolé. Celle-ci était absente pour quelques jours.

— Ici, on ne viendra pas te chercher et si tu ne vas pas en ville, personne ne saura que tu es là. Maintenant, tu peux m'expliquer ce qui t'arrive ? demanda-t-il soudain inquiet. On ne t'a plus revu depuis notre sortie de l'autre soir. Je me suis vraiment inquiété.

— J'ai des Yakuza à mes trousses.

— Quoi ? Toi ? Des Yakuzas ? Mais, tu n'as aucun lien avec eux !

Kimura lui montra son tatouage.

— Ah. Là, t'es dans de beaux draps ! Tu peux me dire comment tu peux faire partie des Yakuza maintenant ? C'est pour cette raison que tu as déménagé ?

— On ne m'a pas demandé mon avis, si tu veux le savoir !

— Attends une minute ! dit Miura en regardant le tatouage d'un peu plus près. C'est le tatouage du clan Ogawa !

— Tu les connais ?

— De réputation seulement. Ça va, tu es tombé sur le bon clan. Alors, que fuis-tu ? Je n'aurais jamais imaginé que tu sortirais avec un homme et en plus un chef de clan. Ça, c'est sûr ! Il ne te laissera pas. Il te recherchera partout sans relâche.

— Comment ça sortir ? demanda soudain Kimura.

C'était la deuxième fois que l'on insinuait qu'il sortait avec le chef de clan.

— Ben, tu es bien l'amant du chef de clan Ogawa ! C'est écrit sur le tatouage. C'est la meilleure des protections. Si une personne s'avisait de te toucher, je ne donnerais pas cher de sa vie. Ogawa est bien gentil, mais il ne pardonne pas.

— Quoi ? s'exclama Kimura soudain horrifié. Comment Ogawa avait-il pu lui faire ça ?

C'était comme inscrire qu'il était gay sur son front !

— Et ne me dis pas que tu ne le savais pas, non ? Il y a le tatouage original et ce que l'on rajoute autour dans certains cas. Toi, tu possèdes la marque de l'amant. Donc tu appartiens corps et âme au chef de clan. Ce qui t'assure sécurité et gîte jusqu'à la fin de ta vie. T'es un veinard !

— Je n'ai jamais couché avec lui !

— Non ? Eh bien mince alors, il t'a donné la meilleure protection comme ça ? Ben alors, que fuis-tu ?

— En fait, dit Kimura en s'asseyant contre le mur et fermant les yeux. Je ne sais plus où j'en suis.

— T'as besoin de quelques jours de tranquillité. OK, ça marche pour moi. Mais pas plus de quelques jours, parce que sinon ton Ogawa va me faire la peau. Et je n'en ai pas spécialement très envie, si tu vois ce que je veux dire. Ma famille pourrait avoir des ennuis également.

— Merci. J'ai vraiment besoin de réfléchir à tout ça.

— Repose-toi ! Tu as l'air fatigué. Je t'apporterai de quoi manger un peu plus tard.

Miura sortit et laissa Kimura perdu dans ses pensées. Celui-ci s'allongea sur le petit lit et finalement s'endormit.

Miura lui apporta son repas un peu plus tard et ils purent discuter tranquillement.

— Il y a des bruits qui courent en ville. Ils sont déjà à ta recherche. Ton Ogawa a mis tout le paquet. Il tient vraiment à toi, on dirait. Je crains que ce ne soit qu'une question de temps avant qu'il te retrouve.

— Il va vouloir me tuer, ça c'est sûr, soupira Kimura.

— On ne tue pas un membre de son clan sans raison. Si tu ne les as pas trahis, ce dont je doute fort de ta part, je ne vois vraiment pas ce qui t'inquiète autant.

— Je viens d'apprendre que mon père faisait partie d'un clan Yakuza, lui aussi.

— Et alors ?

— C'est lui qui a commandité le massacre du clan Ogawa il y a quelques années. Lors de la guerre des clans.

— Et alors ? Tu ne faisais pas partie du clan de ton père à cette époque ! Et encore moins maintenant ! Sinon, tu aurais leur tatouage !

— Mais c'était mon père ! s'écria Kimura.

— Et alors ? répéta Miura. Les clans ne se fondent pas que sur la famille, fort heureusement. Il faut y être admis. Si tu n'en faisais pas partie, ce qui semble le cas puisque je te le répète, tu n'as aucun tatouage du clan de ton père, tu n'es absolument pas concerné.

— Alors ça veut dire qu'Ogawa…

Kimura tourna soudain de l'œil et s'écroula.

— Kimura ! Kimura ! cria Miura en se précipitant sur lui.

Il l'avait déjà assisté à certains de ses malaises. Mais il y avait toujours eu quelqu'un pour s'occuper de lui. Là, ils étaient seuls tous les deux. Il fallait qu'il trouve de l'aide ! Il ne savait plus quoi faire. Il l'allongea sur le lit et sortit précipitamment. Il se dirigea en ville et chercha la voiture noire habituelle des yakuzas qu'il avait repérés un peu plus tôt dans la matinée en allant chercher de quoi manger. Il repéra l'une d'elles. Il aperçut l'homme en costume noir correspondant à la description du chef de clan. Il se précipita immédiatement sur lui sans réfléchir. Mais avant qu'il ne puisse l'atteindre, Osami le plaqua subitement contre la voiture, une arme pointée sur la tempe.

— Qui crois-tu approcher comme ça ! lui cria-t-il furieusement.

— Vous êtes Monsieur Ogawa ? demanda Miura sans se laisser impressionner et regardant Osami. S'il vous plaît ! Aidez-moi !

— Et si c'était moi, que me veux-tu ? Je n'ai pas de temps à perdre actuellement ! cria celui-ci visiblement hors de lui.

— C'est Kimura ! Monsieur ! Je vous en prie, aidez-moi !

— Kimura ? Tu sais où il est ? s'écria Ogawa qui les rejoignit en un éclair.

Osami le lâcha immédiatement.

— Il est chez ma grand-mère ! Il a fait un malaise ! Je ne sais plus quoi faire ! S'il vous plaît !

— Monte, s'écria Ogawa en le précipitant dans la voiture.

Osami démarra en trombe. Miura, qui se trouvait à l'arrière, lui désigna le chemin à prendre.

7

« Lorsque l'on a peur, la fuite n'est pas toujours la bonne solution... »

Ogawa et le jeune Miura attendaient dans le couloir de l'hôpital.

— Comment as-tu connu Kimura ? lui demanda soudain Ogawa.

— Nous étions à l'école ensemble jusqu'au collège. Nous étions un peu comme des frères.

— Tu l'as connu très jeune alors ?

— Kimura était un solitaire. Il a été élevé en partie par un tuteur relativement sévère. Je n'ai jamais vu ni connu ses vrais parents. Il avait peur de tout. Sursautait au moindre bruit, à la moindre bestiole qui se présentait. Cela faisait rire tout le monde à l'époque.

— Eh toi, tu es resté avec lui tout ce temps ?

—Je trouve ça moche qu'on se moque de lui. C'est un gars sympa, plus sensible que nous tous, c'est tout. Je l'ai défendu. Aussi longtemps que j'ai pu. Lorsqu'il stresse trop, il peut faire des malaises. Il est tombé plusieurs fois dans les pommes à l'école. À chaque fois, son tuteur venait le chercher. Je ne comprends pas pourquoi il ne l'emmenait pas à l'hôpital ou voir un médecin. C'est arrivé souvent. Mais beaucoup moins depuis que ce fameux tuteur est parti.

— Kimura a un léger problème au cœur à cause de ce stress permanent qu'il a eu pendant toute sa jeunesse. Il est sous traitement actuellement. Cela s'est atténué, mais à chaque fois qu'il ne le prend pas, à la moindre contrariété, il n'est pas à l'abri de refaire ce genre de crise.

— Il va mourir ?

— Non, si on s'y prend à temps et que l'on prend soin de lui, il n'y a pas de raison.

— Vous aimez beaucoup Kimura, on dirait. Plus que de la simple amitié, je dirais.

— On peut dire que tu vois vite clair, jeune homme !

— Vous n'avez pas encore couché avec lui, alors que vous l'avez inscrit comme votre amant, vous devez l'aimer beaucoup. Vous êtes un homme raisonnable.

Ogawa fut totalement surpris par la spontanéité du discours du jeune homme. Celui-ci s'adressait à lui comme s'il était un homme normal et non comme un chef de clan digne de ce nom. Dans certains cas, cela lui aurait valu une bonne punition, voire même la mort. Cependant, ce jeune Miura ne semblait aucunement gêné à l'idée que deux hommes puissent s'aimer. Il se mit finalement à en rire.

— J'aime Kimura, c'est vrai. Je l'aime plus que n'importe qui. Mais il n'est pas prêt pour ce genre de relation. Pas encore du moins.

— Il ne dit pas de mal de vous, vous savez. Il a appris que sa famille avait perpétré un massacre contre la vôtre. Il n'en était pas fier. Il a eu peur que vous le rejetiez. C'est sans doute pour ça qu'il a préféré prendre les devants et qu'il s'est enfui. C'est idiot de sa part… Ce n'est pas de sa faute, il a eu peur d'être rejeté encore une fois.

— Il n'est pas responsable des âneries de son père et encore moins d'un clan dont il n'a jamais fait partie.

— C'est ce que je lui ai dit. Parfois, il se met des idées dans la tête. Et il fait n'importe quoi lorsqu'il panique. Il peut même se mettre en danger si on ne l'arrête pas à temps.

— À qui le dis-tu ! Je suis content de t'avoir rencontré. Kimura ne me parle pas trop de son enfance.

— Ah bon ? C'est vrai, il n'aime pas en parler. Ça n'a pas été facile pour lui. Il n'a pas été élevé par ses propres parents. Ce tuteur, même moi, il me faisait peur. Il se nommait Ekei. Un homme assez grand avec de petites lunettes. Je n'aimais pas son regard. Je l'avais vu plusieurs fois. Je pense qu'il ne m'aimait pas non plus, d'ailleurs. On se voyait en cachette parfois avec Kimura pour qu'il ne se fasse pas disputer.

— Cet homme est parti ?

— À la majorité de Kimura, vu que celui-ci a été déclaré apte pour se débrouiller seul, il a bien dû lui lâcher la grappe. D'ailleurs, la première chose que Kimura a fait, c'était de déménager. Il allait un peu mieux de jour en jour après le départ de celui-ci. Je ne sais pas ce qui s'est réellement passé entre eux. Mais certains voisins disaient qu'il l'entendait souvent crier sur Kimura. Je me suis imaginé les pires choses. J'ai même cru qu'à un moment donné, que cet Ekei abusait de Kimura.

— Il l'a fait vivre dans la peur et la crainte pendant toutes ces années ? Je comprends mieux certaines de ses réactions maintenant.

— Vous allez faire quoi avec lui ?

— Je vais m'occuper de lui comme je l'ai toujours fait jusqu'à présent. Même s'il n'est pas d'accord.

— Si je peux vous aider. Kimura mérite de vivre heureux. Il n'a jamais fait de mal à personne. Ce n'est pas une mauvaise personne. Il n'a pas eu de chance, c'est tout.

— Accepterais-tu de passer quelques jours à la résidence avec nous ? C'est les vacances, donc je pense que ça aiderait vraiment Kimura.

— Vraiment ?

Si on lui avait dit qu'un jour il passerait ses vacances chez des Yakuza, Miura ne l'aurait jamais cru.

La porte de la chambre s'ouvrit et Osami en sortit.

— C'était moins une ! Il faut vraiment que ce jeune homme se calme, parce que, autrement, un de ces quatre, il va nous faire un véritable arrêt cardiaque. Je vais lui prescrire un calmant avec son traitement habituel pendant quelque temps. Il sera un peu sonné le temps que je diminue la dose progressivement, alors faudra bien veiller sur lui.

— On peut le voir ? demanda Miura ?

— Oui, mais là, il dort.

Ogawa et Miura entrèrent dans la chambre. Ils s'assirent près du lit de Kimura qui dormait à poings fermés.

— Bon sang, celui-là, on peut dire qu'il m'aura fait tourner en bourrique ! dit soudain Ogawa.

— Si vous voulez qu'il vous accepte vraiment, va falloir l'apprivoiser comme moi j'ai dû le faire.

— Vous n'avez pas été amis tout de suite ?

— Eh non, Kimura ne s'ouvrait pas aux autres en primaire. Il a fallu qu'on se perde lors d'une sortie organisée pour cela. On a passé la nuit dehors. D'ailleurs, il m'a bien fait peur. Imaginer passer la nuit dehors avec une personne qui a peur de tout. Le moindre insecte, le moindre bruit suspect. J'ai dû m'occuper de moi et de lui en même temps. Heureusement, les secours sont arrivés. Et là encore, il avait peur des pompiers. Il a fallu qu'il tombe finalement dans les pommes pour qu'ils puissent le ramener.

— Ça ne date pas d'hier, alors cette histoire de malaise.

— Non. Pour ceux qui ne connaissent pas, ça peut impressionner. Mais au lycée, nous avons été séparés. Apparemment, il n'en faisait pratiquement plus. Je ne comprends pas pourquoi cela a recommencé tout à coup.

— Il a été témoin de quelque chose qu'il ne fallait pas. C'est pourquoi je l'ai pris sous ma protection. Et il doit ressentir les sentiments que j'ai pour lui. Il doit aussi se battre contre les siens. Ce n'est pas facile à gérer tout ça. Et pour couronner le tout, si en plus il s'imagine des choses et se monte la tête tout seul…

— Je reconnais bien Kimura dans toute sa splendeur. Il n'y a pas de doute là-dessus, fit Miura.

Kimura se réveilla que dans l'après-midi du lendemain. Il se sentait tout vaseux.

— On est là, lui dit Miura.

— On ? demanda Kimura.

Il aperçut soudain Ogawa. Il tenta de se lever, mais celui-ci le rattrapa et le recoucha.

— Tu ne dois pas bouger pour l'instant !

— Mais…

— Il n'y a pas de mais qui tienne ! Qui a dit que j'allais te détester ou te tuer ? Tu n'es pas responsable des actes de ton père ! Tu ne faisais pas partie de son clan ! Donc tu n'as rien à voir avec ça ! C'est clair ? Je ne veux plus que tu t'enfuies comme ça !

Kimura ne lutta plus. Il ferma les yeux.

— C'est le nouveau traitement, dit Osami qui venait d'entrer. Il s'est rendormi. On va pouvoir le ramener d'ici un jour ou deux. Mais faudra toutefois le surveiller quelque temps.

Kimura revint à la résidence deux jours après. Ogawa avait invité Miura à passer quelques jours avec eux. Ce qui aida grandement le jeune homme. Ils passèrent de bons moments ensemble. Ogawa ne s'initia que très peu entre eux, même si ce n'était pas l'envi qui lui manquait. Lorsque Miura repartit, Kimura et Ogawa avaient repris leurs petites habitudes. Il l'accompagnait à la fac et revenait le rechercher le soir. Ogawa ne lui avait pas reparlé de l'incident et Kimura non plus.

Ogawa l'invita plusieurs fois à manger le soir au restaurant. Kimura appréhendait chaque rentrée. Il se souvenait le fameux soir du baiser volé. Cela le faisait sourire parfois. Au bout du troisième soir de restaurant, Ogawa l'accompagna jusque dans la chambre. Kimura sentit son cœur battre de plus en plus vite.

— Kimura… commença celui-ci. Il va vraiment falloir que l'on parle sérieusement de la suite de notre relation.

Kimura s'assit sur son lit et baissa la tête sans rien dire. Il se doutait bien que ce moment allait avoir lieu. Ce n'était qu'une question de temps. Il ne pourrait pas y échapper indéfiniment.

— Je sais que tu connais mes sentiments pour toi. Je sais que tu possèdes les mêmes et que cela te fait peur. Je suis prêt à prendre le temps qu'il faudra. À y aller doucement. Mais là, rien ne bouge actuellement. M'aimes-tu toujours ?

— Ogawa. Je ne peux pas vous mentir. J'ai des sentiments pour vous. Mais cela me fait terriblement peur. Je ne sais ni quoi faire ni comment réagir face à ça. Je me sens totalement démuni.

— Tu es honnête avec toi-même et avec moi. J'apprécie grandement. On peut y aller doucement si tu veux. Est-ce que je peux dormir à tes côtés ce soir en te promettant que je ne te toucherai pas ? Je ne te promets pas pour les prochaines nuits, mais je te promets que je ne te forcerai pas si tu me dis non.

Kimura le regarda dans les yeux.

— Acceptes-tu ?

— J'accepte, répondit-il finalement.

— Je te préviens, je dors sans rien ! dit-il joyeusement en se dirigeant vers la salle de bains.

Kimura soupira en se demandant s'il avait bien pris la bonne décision d'accepter une telle chose. Il attendit qu'il ait fini pour y aller, lui aussi. Lorsqu'il en sortit, Ogawa était déjà couché. Il se déshabilla rapidement et se coucha, lui aussi rouge comme une pivoine.

— Kimura, as-tu envie de moi parfois ?

— Je…

— Ne réponds pas si tu n'en as pas envie pour l'instant.

Ogawa refit la même chose chaque soir pendant plus d'une semaine. Lorsque Kimura finit par s'y habituer, il passa à une autre étape beaucoup plus délicate.

— Ce matin, nous allons prendre notre douche ensemble.

— Hein ? s'écria Kimura qui commença subitement à paniquer.

Ogawa se rapprocha de lui et lui déposa un rapide baiser.

— Du calme, je t'ai déjà vu nu alors ce serait plutôt à moi de me sentir gêné, vois-tu ?

Il l'entraîna dans la salle de bains sans que celui-ci ne puisse réagir, et ce fut un Kimura tout rouge et tout confus qui se retrouva totalement nu sous la douche avec un Ogawa qui ne semblait pas du tout complexé, bien au contraire.

Ogawa recommença ce petit manège tous les jours pendant près de deux semaines. Le temps qu'il faille à Kimura que cela devienne une habitude et tout à fait naturel pour lui.

Lorsqu'il était à la fac, Ogawa en parlait souvent avec Osami.

— Oh, fit celui-ci en riant. Notre jeune homme fait de beaux progrès, on dirait. D'autant plus qu'il n'a pas fait un seul malaise malgré tout ça ! C'est un véritable exploit !

— Je me demande par quoi je vais continuer maintenant, demanda Ogawa.

— Je me demande surtout comment vous pouvez vous retenir à ce point-là. Ce doit être très dur pour vous.

— Oui, mais le jour où j'y arriverai, ce sera d'autant plus magique.

— Il doit aimer cela, sinon il serait déjà parti en courant plus d'une fois !

Ils se mirent à rire.

— Heureusement, cela ne semble pas le perturber pour ses études. Le directeur de la fac m'a appelée. Kimura est très doué. D'ailleurs, ils pensent même le récompenser pour sa récente étude qu'il a effectuée.

— Vraiment ?

— Que comptez-vous faire de lui après la fac ?

— Je ne sais pas encore. Je verrai en fonction de ce qu'il voudra faire. Est-ce qu'il voudra travailler au sein du clan ou travailler ailleurs ?

— Avec son tatouage, cela risque d'être difficile maintenant.

— Pas dans cette ville.

Ogawa regarda soudain l'heure.

— Il faut que j'y aille, j'ai un rendez-vous.

— J'ose espérer que cette fois vous n'y aillez pas seul ? le prévint Osami.

— Non, cette fois j'ai pris mes précautions. J'ai des hommes qui vont être postés non loin. Ils vont même prendre quelques photos.

Après avoir déjeuné au parc de la fac, Kimura apprit qu'un des professeurs de l'après-midi était absent. Il décida donc de rentrer à pied à la résidence. Au détour d'une rue, il s'arrêta brusquement. Son cœur se mit à battre de plus en plus fort en reconnaissant les deux personnes qui se trouvaient assises sur la terrasse d'un bar.

Ogawa discutait avec un homme en costume noir. Un homme aux cheveux noirs avec de petites lunettes. Il vit Ogawa rire avec cet homme. Cet homme qui n'était autre que son ancien tuteur ! Celui qui l'avait terrorisé depuis tant d'années ! Mais que faisait-il avec Ogawa ? Pourquoi riaient-ils ensemble ? Se pouvait-il qu'Ogawa se soit moquée de lui pendant toutes ces semaines ? Allait-il le livrer à cet homme ?

Kimura fit demi-tour. Il prit une autre rue et continua de marcher, la peur au ventre.

— Ce n'est pas possible ! dit-il. Pourquoi ? Pourquoi ce genre de choses n'arrive qu'à moi ! Il m'a retrouvé ! Ce type m'a retrouvé !

Il se mit à courir. Il jeta son sac de cours et se remit à courir de plus belle. Il avait les larmes aux yeux. Il était surtout terrorisé. Terrorisé par la promesse que ce type lui avait faite !

— Ogawa m'a trahi ! Il m'a trahi lui aussi ! Ce type m'a retrouvé ! Il m'a retrouvé !

Kimura continuait à courir sans se soucier où il allait.

Il se mit à pleuvoir. Kimura continuait de courir. Il traversa un petit bois et prit le sentier le plus proche. Il se souvient de cette fameuse randonnée où lui et son ami s'étaient perdus. Cette fameuse nuit qu'ils avaient passée dehors seuls. Il était terrorisé.

Il s'assit un moment pour souffler. Il pleuvait de plus en plus. Cette fois, pas question de demander de l'aide à son ami. Ogawa viendrait le chercher en premier lieu chez lui. Non, il devait se débrouiller. Il devait couper tout contact avec la société. Mais comment faire ? Kimura ne connaissait rien de la vie en pleine nature.

— Voilà, je suis excellent dans mes études et à quoi tout cela a servi à l'extérieur ? À rien !

Il se releva et continua de marcher cette fois. La pluie avait cessé. Il commençait à avoir faim. Il s'arrêta un moment pour regarder autour de lui. Il se trouvait au beau milieu de nulle part. Il ne savait pas depuis combien de temps il avait marché et couru. Il n'avait pas pris son portable de peur de se faire repérer. Il s'abrita sous un grand arbre et attendit. Le soir commençait à tomber.

— Je vais passer la nuit seul, dit-il.

La nuit fut aussi terrible que celle qu'il avait passée avec son camarade de classe. Il épiait le moindre bruit, le moindre mouvement. Il se rappelait la fois où il s'était perdu avec Miura. Ils avaient passé la nuit dehors. Cela avait été une expérience terrible pour lui.

Il repartit au petit matin avec dans le ventre le peu d'eau qu'il avait pu trouver. Il reprit la marche plus lentement cette fois. Il continua tout droit afin d'être sûr de ne pas, par inadvertance, retourner sur ses pas. Il fit plusieurs pauses. Il trouva quelques baies qu'il reconnut comme comestibles, se souvenant de ce que lui avait appris son camarade de classe. Il reprit la route peu après. Il sentait bien qu'il ne tiendrait pas longtemps ainsi.

— De toute façon, maintenant qu'ai-je à perdre, se dit-il. Ma vie entière n'est qu'un fiasco ! À chaque fois que je pense que celle-ci s'améliore, quelque chose de pire arrive après. Je n'ai aucune raison de continuer à vivre. À quoi bon.

Kimura continua de marcher. Il se trouva soudain devant une route. Il décida de la longer. Il marcha encore pendant plusieurs heures ainsi. Il trébucha, se releva. Il ne prêta pas attention à la voiture qui passa devant lui. Ni quand elle ralentit et finalement roula en sens inverse et s'arrêta près de lui.

— Monsieur ? Monsieur, est-ce que tout va bien ? demanda le chauffeur.

Mais Kimura continuait de marcher lentement en regardant droit devant lui. La voiture accéléra, passa devant Kimura et se mit en travers.

Le chauffeur en descendit. Il ouvrit la portière à un homme en costume noir. Celui-ci releva soudain la tête. Ce fut à ce moment-là que Kimura s'arrêta. L'homme remonta ses petites lunettes et lui fit un grand sourire.

— Enfin, je te retrouve Kimura ! On peut dire que tu m'auras fait courir !

Kimura fit demi-tour et s'apprêta à courir en sens inverse. Il eut juste le temps d'entendre courir derrière lui. Il fut plaqué au sol.

— Non ! Lâchez-moi !

Il sentit quelque chose le piquer au bras et ce fut le trou noir.

Il se réveilla légèrement un peu plus tard. Il se trouvait à l'arrière d'une voiture. Il avait l'esprit totalement embrouillé.

— Il commence à se réveiller ! entendit-il.

Il sentit de nouveau quelque chose le piquer
au bras et replongea aussitôt dans le noir.

8

« C'est souvent lorsque l'on perd quelque chose de précieux que l'on se rend compte du manque qu'il représente… »

Kimura se réveilla dans une pièce de taille moyenne. Il se trouvait dans un lit plutôt confortable. Il réussit à s'asseoir malgré son atroce mal de tête. Il entendit le bruit d'une clé dans la serrure et observa la porte s'ouvrir. Un homme en costume noir portant de petites lunettes entra dans la pièce.

— Te voilà réveillé ! fit l'homme en entrant et en le regardant avec attention.

— Ekei ! s'exclama Kimura avec terreur.

— Je vois que tu ne m'as pas oublié malgré toutes ces années passées sans moi ! Cela me fait vraiment plaisir. !

Kimura voulut se lever, mais il ne pouvait plus bouger ses jambes. Il faillit tomber au sol.

— Si tu tombes de ton lit, je vais être obligé de te recoucher ! dit Ekei en souriant.

Kimura ne bougea plus. Il ne voulait surtout pas qu'il le touche ! Non. Surtout pas lui ! Il remonta la couverture à lui.

— Je vois que tu comprends vite finalement ! Rassure-toi, je ne vais pas te toucher. Pas pour l'instant du moins. Alors comme ça, tu es devenu l'amant de ce chef de clan Ogawa ? Qui l'aurait cru ? J'espère qu'il te fait aisément grimper au plafond ! Et dire que je voulais être le premier….

Kimura ne répondit pas. Il se contentait de le regarder avec inquiétude. Tout ce qu'il avait pensé oublier de son passé revenait en flèche avec la venue de cet homme. Et cela le terrifiait.

— Alors je vais t'expliquer vaguement ce que j'ai fait et ce que je compte faire de toi. Je t'ai cherché pendant de longs mois, après que ce satané juge a décidé de te rendre ta liberté. D'autant plus que tu avais déménagé sans laisser aucune adresse. Ce n'est pas très gentil de ta part, après ce que j'ai fait pour toi ! J'ai appris également que tu faisais dorénavant partie du clan Ogawa. Si tu crois que ce type va venir te chercher, tu te trompes assurément. Je vais te garder pour moi, pour moi tout seul ! Tu n'appartiens à personne d'autre que moi, tu entends ! Comme je te l'avais si souvent promis. Tu ne pourras pas vivre sans moi. Je ferais d'ailleurs en sorte que tu ne puisses pas vivre sans moi ! Je vais t'aimer comme personne ne t'a aimé auparavant. Crois-moi. Ce sera dur au début, mais tu en redemanderas après.

Kimura sursauta à ces derniers mots. Il avait entendu ce discours tant de fois lorsqu'il était plus jeune. Il avait tellement espéré ne plus les entendre…

— Je vois qu'on s'est bien compris. Puisque tu sembles avoir passé du bon temps avec cet Ogawa, je ne vais certes pas passer après lui dans l'immédiat. Je vais attendre bien sagement le bon moment. Il n'est pas près de te retrouver, crois-moi. Oh, et si tu refuses de manger, je te ferai manger de force. Tu pourras te laver seul quand tu pourras te lever, ce qui ne sera pas pour maintenant. Je suis sûr que tu ne tenteras pas de t'échapper sans l'usage de tes jambes. Je reviendrai bientôt.

Il sortit sur ces derniers mots. Kimura entendit de nouveau le bruit de la clé dans la serrure. Il baissa la tête.

— Cette fois, je suis foutu, dit-il. Je n'ai plus qu'à me laisser mourir. Je ne comprends pas. Quel lien à Ogawa avec Ekei ? Étaient-ils amis ou juste en train de parler comme ça ?

Il les avait vus prendre un thé sur la terrasse. Il avait vu Ogawa rire avec lui. Pourquoi dans ce cas Ekei lui avait dit qu'il l'avait salie ? Il pensait qu'Ogawa avait couché avec lui ? Si Ogawa et lui étaient de bonnes connaissances, il aurait su qu'ils ne l'avaient pas fait. Pourquoi lui avait-il dit qu'il n'était pas près de le retrouver ? Finalement, ils n'avaient pas l'air si amis que ça... Ogawa ne l'avait peut-être pas trahi…

— Impossible ! se dit-il. J'ai peut-être tout compris de travers ! Mon Dieu ! Mais qu'ai-je encore fait ? Je me suis fourré tout seul dans ce pétrin à force de me faire des idées sur tout ! Quel imbécile je suis ! Ogawa, comme je suis désolé ! Je t'en prie, pardonne-moi et viens me chercher. C'est avec toi que je veux vivre ! Avec toi seul !

Kimura n'eut d'autre choix que de se coucher et attendre. Il avait peur. Dans l'immédiat si Ekei pensait que lui et Ogawa avaient finalement été amants il ne le toucherait pas. Mais pour combien de temps ?

— J'aurais tellement voulu que ma première fois se fasse avec Ogawa. Je suis vraiment un idiot ! Un imbécile !

Ekei vint lui apporter son repas chaque jour. Pour l'instant, il semblait garder ses distances avec Kimura. Celui redoutait ce jour fatidique où

Kei passerait à l'action. Il lui avait souvent promis lorsqu'il était jeune. Il lui avait raconté en détail ce qu'il lui ferait. C'était pour cette raison qu'il avait déménagé sans laisser d'adresse. C'était pour cette raison qu'il sursautait au moindre bruit suspect, qu'il stressait à longueur de temps. Il avait subi les remontrances de cet homme pendant des années. Il ne dormait que d'un œil, la peur au ventre, la peur que celui-ci ne se glisse dans son lit. Depuis qu'il savait ce qu'il était, il n'avait jamais compris pourquoi, il ne l'avait pas touché pendant son enfance. Mais Kimura savait qu'il était intéressé par les jeunes hommes. Les jeunes hommes encore puceaux ! Il lui avait souvent raconté que son tour viendrait un jour. Qu'il s'occuperait de lui personnellement lorsque le moment serait venu. Qu'ils seraient liés et ne feraient qu'un ! Kimura avait peur depuis. Peur pendant toute sa jeunesse à cause de ça. Il n'avait jamais eu de petites copines, ni de petits copains. Kimura évitait tout ce qui avait à trait au sexe. Il avait subi ses discours sur son prétendu amour envers lui pratiquement tous les jours. Lui expliquant sans honte et sans gêne ce qu'ils feraient lorsqu'il serait en âge de le faire. Et cela avait duré pendant des années. Ekei lui criait souvent dessus. Il aimait bien lui faire peur, lui montrer que c'était lui le maître. Kimura se remémorait ces jours terribles où il lui faisait faire ses devoirs. Il avait toujours un geste un peu déplacé à son encontre. Un discours inapproprié pour son âge. Cet homme l'avait terrorisé pendant toutes ces années.

Kimura ne pouvait plus bouger ses jambes. Il se doutait que c'était à cause des médicaments que lui donnait Ekei. Il était obligé de les prendre. Il savait ce qu'il se passerait autrement. Il ne voulait surtout pas que celui-ci le touche.

Ekei venait plusieurs fois par jour. Cependant, au bout de quelques jours, il semblait se rapprocher de plus en plus de Kimura. Un peu trop à son goût. À un moment, il eut un mouvement de recul lorsque celui-ci avait tenté de lui caresser le visage. Il s'était mis à rire.

— Je me demande comment cet Ogawa a pu faire pour t'apprivoiser aussi facilement en si peu de temps. Tu sembles encore puceau à en juger par tes attitudes. Je devrais peut-être vérifier cela par moi-même !

Kimura eut un nouveau mouvement de recul.

— Dommage, dit finalement Ekei en regardant sa montre. J'ai un rendez-vous relativement important. Je dois te laisser pour l'instant. Nous reprendrons cette petite conversation un peu plus tard.

Ekei sortit. Ce fut lorsque Kimura entendit le bruit habituel de la clef dans la serrure qu'il souffla.

Il tenta une nouvelle fois de bouger ses jambes. Elles ne répondaient toujours pas. Il se demandait si Ogawa était à sa recherche. Probablement, il n'avait pas été jusque-là pour le laisser tomber ainsi. Kimura se trouvait soudain très bête.

— Pourquoi je m'imagine un tas de choses ? À chaque fois cela me conduit dans des histoires rocambolesques. Cette fois, je ne sais même pas si je m'en sortirais. Finalement, je ne m'en suis jamais sortie tout seul. À chaque fois, c'était Ogawa qui était venu me sauver.

Kimura se remémora les bons souvenirs à la résidence. Le moment où il s'était retrouvé prisonnier. Il se mit à sourire en se rappelant le moment de la douche.

— Oh, Ogawa, si tu savais pourquoi j'ai si peur d'entamer une relation amoureuse avec toi…

Kimura finit par s'endormir. Il ne pouvait faire que ça depuis des jours. Se remémorer les bons souvenirs et dormir. Il fut réveillé un peu plus tard par le bruit de la clef qui ouvrait la porte. Son cœur fit un bond dans la poitrine. Ekei entra en souriant avec son repas…

Ogawa tournait en rond dans le salon.

— Comment une telle chose a pu arriver ? s'écria-t-il visiblement hors de lui. Osami le regardait en silence. Il réfléchissait.

— Quelqu'un a dû savoir avant nous que l'un de ses professeurs allait être absent. C'est la seule solution.

— Nous avons retrouvé son sac à l'autre bout de la ville !

— Il a sans doute été jeté.

Le téléphone d'Osami sonna, celui-ci répondit. Il resta un bon moment à parler et surtout à écouter.

— Ramenez-moi le jeune Miura ! ordonna-t-il avant de raccrocher.

Ogawa le regarda avec inquiétude.

— Dites-moi avec qui avez-vous eu un rendez-vous au même moment ? lui demanda Osami.

— Un homme qui semblait intéressé par une saillie de notre nouveau crack, pourquoi ?

— Vous m'avez dit avoir pris des photos.

— Oui, je viens de les mettre sur l'ordinateur pour commencer des recherches sur lui. Il me semblait un peu fourbe. Je ne sais pas pourquoi, mais ce type ne m'inspire absolument aucune confiance. Pourquoi cette question ?

— J'ai un doute sur une chose.

On frappa à la porte.

— Entrez ! dit Ogawa.

Un garde entra suivi du jeune Miura.

— Miura, dit Osami. Je pense que nous allons avoir besoin de vos services.

— Il y a encore un problème avec Kimura ? s'inquiéta celui-ci.

— Il a disparu après avoir quitté plus tôt la fac, annonça Ogawa.

— Vous pensez qu'il a encore fait une fugue ou qu'il a été enlevé ?

— Nous n'avons aucune piste pour l'instant.

Ogawa se dirigea vers son ordinateur et enleva la veille.

— Dis-moi, connais-tu cet homme ?

Miura regarda l'écran. Son expression se figea en apercevant l'homme qui se trouvait assis à la terrasse du café avec Ogawa.

— Comment avez-vous rencontré ce type ? s'écria-t-il soudain avec une expression de terreur.

— Il s'est présenté à moi pour se renseigner pour une éventuelle saillie de mon nouveau pur-sang avec une de ses juments. Mais je pense que ce n'était qu'un prétexte.

Miura se dirigea vers l'ordinateur et pianota sur le clavier en regardant toutes les photos une par une.

— Cet homme s'appelle Ekei, il était l'ancien tuteur de Kimura. Je peux vous dire une chose. Si

Kimura vous a vu avec lui, ce n'est pas étonnant qu'il soit sans doute parti.

— Comment ça, il nous a vus ensemble ? demanda Ogawa. C'est impossible !

Miura sélectionna une des photos et l'agrandit. Il montra un coin de celle-ci. Ils aperçurent Kimura derrière un poteau, avec une expression de peur, qui regardait dans la direction de la terrasse.

— Nous avons une piste dans ce cas. Je vais faire des recherches sur cet homme, dit Osami.

— Cet homme est un homme mauvais. Il a passé son temps à traumatiser Kimura ! Il va encore lui faire du mal ! J'en suis quasiment sûr !

— Si tu sais quelque chose, il faut nous le dire, dit Ogawa avec sérieux.

— Kimura m'a fait promettre de ne le dire à personne ! protesta Miura.

— Kimura est peut-être en danger ! Tu dois nous dire ce qui s'est passé ! C'est une question de vie ou de mort !

— D'après Kimura, cet homme le faisait vivre dans la peur constamment. Il lui avait promis que lorsque celui-ci serait en âge mûr, ils deviendraient amants. Il lui expliquait en détail ce qu'il allait lui faire. Cet homme est fou. Il se tape des jeunes hommes dont ils s'occupent parce qu'ils sont puceaux. Kimura n'en dormait pas de la nuit lorsqu'il était chez lui. Il sursautait au moindre bruit, il pensait qu'il allait coucher avec lui ! Si je n'avais pas insisté pour qu'il demande enfin son indépendance auprès du juge, il serait certainement tombé sous sa coupe !

Ogawa dut s'asseoir sur le canapé. Il s'attendait à tout concernant la jeunesse de Kimura, mais pas à une telle chose. Il comprenait beaucoup de choses maintenant. Et surtout, il remercia le ciel de ne pas avoir forcé les choses avec lui. Une terrible pensée lui vint à l'esprit.

— Il est revenu tenir sa promesse, dit-il en soupirant. Mon Dieu ! Faites qu'il ne touche pas à Kimura. Pas comme ça ! Pas pour une première fois !

— Il faut qu'on le retrouve ! dit Osami.

Miura pianota sur l'ordinateur rapidement. Des longues lignes s'affichèrent rapidement.

— Apparemment, il est arrivé il y a très peu de temps dans cette ville. Il a visiblement loué une petite résidence à la périphérie de la ville. Je vous trouve l'adresse exacte, annonça-t-il.

Ogawa et Osami se regardèrent avant de poser tous deux ensuite un regard sur Miura.

— Pourquoi croyez-vous que nous ayons été séparés après le lycée ? Je me suis dirigé vers une section informatique. Faire certaines recherches et pirater quelques trucs, ça me connaît ! Même si parfois, ce n'est pas très légal. Mais là, c'est un cas de force majeur !

— Tu sembles plutôt doué !

— Avec un ordinateur, on peut faire des tas de choses.

Miura prit un stylo et un papier. Il écrivit sur celui-ci et leur tendit.

— Voici l'adresse de la résidence.

Osami la prit et sortit de la pièce suivie d'Ogawa.

Le bruit de la clef dans la serrure fit sursauter Kimura. Ekei entra avec son repas et bien évidemment ses médicaments habituels. Curieusement, il ne lui avait rien fait la veille. Ekei prenait un malin plaisir à torturer mentalement

Kimura, qui redoutait surtout le moment où celui-ci passerait à l'acte.

— Pourquoi faites-vous ça ? lui demanda-t-il soudain.

— Oh, je croyais que tu avais perdu ta langue, fit celui-ci sur un ton plus que moqueur.

Il posa le plateau-repas devant Kimura.

— Je suis venu tenir ma promesse. Je tiens à ce que pas un seul des jeunes dont je m'occupe ne m'oublie. Et je dirais que vous êtes deux ou trois à m'avoir échappé jusqu'à présent. Mais toi, tu es un peu spécial, je dirais. Toi, tu es unique en ton genre. Tu ne ressembles à aucun autre. Avec tes cheveux mi-longs. Visiblement, tu es encore plus sexy comme ça. Ne pas les avoir coupés te rend encore plus mignon. Je ne sais pas ce qui me retient de ne pas me jeter sur toi finalement et de te dévorer tout cru.

Kimura le regarda avec frayeur. Il se demandait si ce moment tant redouté n'allait pas être ce jour-là.

— J'aime ce regard plein de frayeur que tu m'affiches. Je me demande si j'aurais droit à ce même regard lorsque je m'occuperai de toi avec encore plus de sérieux. J'aime bien faire durer le plaisir. Je me languis des moments que nous allons passer ensemble, vois-tu ? On devrait peut-être faire les préliminaires avant ton repas, continua-t-il en souriant.

Au moment où Ekei s'approchait de lui dangereusement, une explosion retentit dans les environs. Celui se releva et un garde entra dans la pièce avec précipitation. Il parla à voix basse à Ekei, dont l'expression changeait au fur et à mesure.

— Préparez l'hélicoptère ! ordonna celui-ci subitement.

Le garde sortit. Ekei le suivit, mais revient presque aussitôt avec une petite sacoche. Il sortit une seringue qu'il remplit d'un liquide. Kimura paniqua et tenta de s'enfuir en rampant sur le lit. Il tomba à terre.

— Idiot ! Tu croyais aller où comme ça ! lui lança Ekei en se rapprochant de lui. Tu ne peux pas marcher !

Kimura tenta de ramper sur le sol, mais Ekei se positionna sur lui à califourchon et le bloqua.

— Tu vas te sentir un peu évasif avec ça. Mais c'est juste pour le voyage. Après, tu feras un grand dodo. Ton Ogawa ne me laisse pas le choix. Mais il est hors de question qu'il remette la main sur toi. Hors de question !

Ekei lui fit l'injection. Kimura hurla. Peu après, il se sentit complètement dans les vapes et cessa de lutter.

— Bien, dit Ekei en se levant lentement et en rangeant tous ses ustensiles.

Il enveloppa Kimura dans un des draps et le prit dans ses bras. L'un des gardes l'attendait avec une civière dans le couloir. Kei déposa Kimura sur celle-ci. Kimura voyait et entendait tout ce qu'il se passait. Mais il ne pouvait plus bouger. Tout son corps semblait flotter. Ils accélérèrent le pas dans le couloir. On entendait beaucoup de coups de feu venant de l'extérieur. Ils montèrent dans une sorte d'ascenseur et se retrouvèrent peu après sur le toit. Le garde bloqua la porte avec une longue barre. L'hélicoptère qui était déjà en route les attendait. Ekei prit Kimura dans ses bras de nouveau et monta dans celui-ci avec l'un des gardes.

L'hélicoptère commença à se soulever. La porte du toit explosa. Plusieurs hommes armés en sortirent. Mais ce fut l'un d'eux qui attira le plus l'attention de Kimura. Ogawa regardait l'hélicoptère qui montait lentement au ciel, arme à la main. Ekei se doutait qu'ils ne prendraient pas le risque de tirer. Il se mit à sourire à l'intention d'Ogawa et poussa même le vice à lui faire le salut militaire américain.

Kimura qui était toujours dans les bras d'Ekei regardait Ogawa devenir de plus en plus petit au fur et à mesure que l'hélicoptère avançait. Il n'oublierait jamais son regard. Mais surtout, il avait bien compris le message dans celui-ci. Ogawa viendrait le chercher. Quoi qu'il arrive ou qu'il se passe, il viendrait le chercher. Il viendrait le sauver. Il n'abandonnerait pas. D'autant plus que maintenant, il savait qui l'avait enlevé. Des larmes coulaient le long des joues de Kimura. Son corps ne pouvait pas bouger. Il ne pouvait même pas ouvrir la bouche. Il ne pouvait que pleurer.

L'hélicoptère monta plus haut dans le ciel. Kimura n'apercevant plus Ogawa, ferma les yeux. Il continua longtemps à pleurer en silence. On le déposa sur l'une des couchettes. On lui refit une injection. Il sombra de nouveau dans le néant.

Il ne comprit pas ce qui se passa par la suite. Il sentait qu'on le transportait sur une civière. On veillait à ce qu'il n'ait ni trop chaud ni trop froid. Kimura ouvrait très peu les yeux. Il n'avait plus envie de rien. Il n'avait plus envie de vivre. Il lui semblait, à un moment donné, entendre le bruit sourd d'un avion qui décolle. Le bruit d'une voiture. On le déplaçait souvent. Parfois, il était totalement ébloui, parfois il faisait complètement noir.

9

« La peur peut parfois nous faire faire des choses tout aussi stupides les unes que les autres… »

Kimura se réveilla dans une petite chambre plutôt bien éclairée par la lumière du jour. Il entendit plusieurs bruits à l'extérieur. Mais l'un d'eux attira plus particulièrement son attention. C'était celui d'un hennissement d'un cheval.

Il trouva une femme à son chevet. Son esprit était complètement embrouillé. Il ne savait même plus ce qu'il était, ni qui il était. La jeune femme lui sourit. Elle lui parla, mais il ne comprit pas un mot de ce qu'elle disait. Il fut rouge de honte lorsque celle-ci lui fit sa toilette. Elle s'occupa de le faire manger et lui donna ses médicaments. Kimura ne pouvait toujours pas marcher. Elle le déposa non sans mal sur un fauteuil roulant et ils sortirent de la pièce. Ils passèrent par un salon et se retrouvèrent à l'extérieur. Il y avait beaucoup de soleil et il faisait très chaud. Mais ce n'est pas ce qui choqua le plus Kimura. Ce paysage… Cette chaleur écrasante… Ces bâtiments… Ces hommes qui semblaient travailler avec des chevaux… Leur selle… Leur chapeau…

— Impossible ! se dit-il.

Il se trouvait en plein paysage western ! Il ne se souvenait plus d'où il venait vraiment, mais certainement pas de cet endroit. Il se sentit encore plus perdu. Il baissa la tête. La jeune femme lui parla un moment tout en gardant le sourire. Sans comprendre pourquoi ni comment, des larmes lui coulèrent le long des joues. La jeune femme lui essuya les yeux avec un mouchoir et lui parla longuement. Elle lui mit un chapeau similaire à ces hommes qu'il avait aperçus et le promena à travers la propriété avant de le ramener sous le porche de la maison en bois. Il resta là un moment à regarder le paysage et observer ces gens travailler avec les chevaux.

Il se passa plusieurs jours ainsi. Kimura ne parlait pas. Il se laissait faire tout simplement. De toute façon, il ne pouvait toujours pas bouger. La jeune femme s'occupait de lui tous les jours. Elle parlait souvent avec un vieil homme qui passait son temps sur une sorte de fauteuil qui se balançait. Ils passèrent des après-midi entiers ainsi. De temps en temps, le vieil homme lui parlait. Mais Kimura ne comprit pas un seul mot de ce qu'il disait. La jeune femme l'emmenait tous les jours faire le tour de la propriété. Parfois elle parlait au téléphone avec une autre personne. Kimura était persuadée qu'elle parlait de lui. Il reconnaissait son nom parfois. Un jour cependant, une voiture arriva dans la propriété. Un homme fort élégant en sortit et la jeune femme se jeta à son cou. Ce fut un choc pour Kimura. Une vision apparut soudain dans son esprit. Il se voyait se jeter au cou d'une personne, lui aussi. Mais cette personne était un homme ! Un homme en costume noir. Il ne comprit pas ce que cela voulait dire. Il regarda la jeune femme et cet homme se parler un bon moment. Ils disparurent en direction des écuries. Ils ressortirent un moment après avec chacun une monture en main. Ils montèrent en selle et partirent en direction de la plaine.

Le vieil homme se remit à lui parler longuement. Kimura se contenta de regarder au loin. Il ne comprenait toujours pas son langage. Il finit par s'endormir. Il fut soudain réveillé en sursaut. L'homme de la voiture était devant lui et l'examinait. Il lui avait pris son pouls. Il parlait à Kimura, sans doute pour le rassurer. Mais il ne comprit pas un mot de ce qu'il lui avait dit. Kimura prit ça pour une excuse de l'avoir réveillé. L'homme et la jeune femme parlèrent ensuite un bon moment et cela semblait plutôt animé. Ce qui intrigua Kimura, c'est qu'il avait pris ses médicaments et avait ouvert ceux-ci en lisant les notices qui se trouvaient à l'intérieur. Il remarqua aussi l'ordonnance qui se trouvait avec. Mais surtout, il y en avait plusieurs. C'est en apercevant l'écriture de plusieurs d'entre elles qu'il comprit. Il y avait une écriture qu'il comprenait parfaitement bien. Cette-ci venait du Japon ! Il venait du Japon ! Et visiblement, il se trouvait dans un autre pays ! Il réalisa brusquement qu'il se trouvait aux États-Unis ! Il sursauta de nouveau lorsque l'homme s'approcha de lui. Celui-ci lui sourit et lui parla avec gentillesse en lui tapotant la main. Il releva la manche de Kimura lentement et observa son tatouage avec une extrême attention. Kimura eut un mouvement de recul sous la panique. La jeune femme lui parla de nouveau, sans doute pour le rassurer. Il ne bougea plus. L'homme prit finalement une photo de son tatouage avec son portable. Il lui sourit et lui parla de nouveau. Puis, il parla à la jeune femme qui le raccompagna jusqu'à sa voiture. Il regarda une dernière fois en direction de Kimura avant de prendre le volant et de partir. La jeune femme revint vers Kimura. Elle lui parla encore, comme pour le rassurer.

Quelques jours plus tard, un autre événement survint. Un camion transportant un cheval s'était arrêté dans la grande cour. Ils en descendirent un magnifique pur-sang noir qui ne semblait pas du tout coopératif. Il tirait sur sa longe et se cabrait dans tous les sens. Kimura l'observa. Ce cheval lui rappelait vaguement quelque chose. Depuis quelque temps, des images lui revenaient dans sa tête. La jeune femme avait visiblement réduit la quantité de ses médicaments petit à petit. Kimura ne comprenait pas pourquoi.

Le cheval tira une nouvelle fois sur la longe et réussit à s'échapper. Les hommes crièrent. Mais le pur-sang se mit soudain à humer l'air. Il tourna soudain la tête vers Kimura. Il hennit joyeusement et se dirigea tout droit vers lui. Il fourra son museau contre la poitrine de celui-ci. Kimura sentit son odeur. Cela lui donna des frissons. C'est avec un terrible effort qu'il leva lentement ses deux mains et lui caressa les joues. Tous les hommes restèrent bouche bée. Même le vieil homme ne disait plus un mot. La jeune femme arriva en courant et cria des mots que Kimura ne comprit pas. Celui-ci profitait de l'odeur de ce cheval. Des images lui revinrent subitement. Il se voyait sur un champ de courses avec ce cheval. Il avait couru avec lui !

Ils restèrent un moment ainsi sans bouger. Un homme vint finalement chercher le pur-sang qui se laissa cette fois conduire sans problème. Une longue discussion eut lieu entre le vieil homme et la jeune femme. Kimura n'avait pas quitté des yeux ce cheval. Des larmes coulèrent de nouveau. Avait-il été un jockey ? Avait-il eu un accident le rendant dans cet état ? La jeune femme se précipita aussitôt vers lui et tenta de le consoler en le prenant doucement dans ses bras et en lui parlant gentiment.

Le lendemain, la jeune femme emmena Kimura dans le paddock où se trouvait le pur-sang. Celui-ci galopa tranquillement jusqu'à Kimura en hennissant de joie. Il posa sa tête contre la poitrine de celui-ci. Kimura leva une nouvelle fois ses deux mains et lui caressa les joues. La jeune femme le vit sourire pour la première fois. Kimura ne comprit pas ce qu'elle dit à ce moment-là. Mais il comprit à son expression qu'elle semblait heureuse de le voir ainsi. Cela devint un rituel. Après chaque promenade, la jeune femme emmenait Kimura au paddock. Un jour cependant, Kimura prit peur. Ils y avaient plusieurs hommes qui attendaient au côté du pur-sang. Celui-ci avait une selle étrange. Lorsqu'il fut à l'intérieur du paddock, les hommes le soulevèrent brusquement de chaque côté. Kimura prit peur et se mit à hurler, ce qui provoqua une réaction immédiate sur le pur-sang. Celui-ci se positionna aussitôt au côté de Kimura. Ils réussirent rapidement à le mettre en selle. Le pur-sang se calma aussitôt. Kimura arrêta soudain de hurler. Il regarda l'encolure du pur-sang. Machinalement, il attrapa les rênes de celui-ci. Ce qui provoqua une discussion entre la jeune femme et certains des hommes. L'un d'eux cependant prit la longe et fit marcher lentement le pur-sang au pas. Kimura leva la tête et regarda droit devant lui. Avec cette selle étrange, il ne pouvait pas tomber. Il se mit à caresser l'encolure et sourit de nouveau. Il ne fit pas attention à la grande discussion qui avait lieu entre la jeune femme et l'un des hommes. L'homme le fit marcher au pas un bon moment.

Le soir Kimura se trouva totalement exténué par cette sortie. Il s'endormit peu après le repas. La jeune femme sourit et le couvrit tendrement.

Le lendemain cependant, Kimura se réveilla en sursaut. Il avait fait un rêve étrange. Il avait rêvé de cet homme en costume noir. Celui-ci l'avait même embrassé ! Embrassé sur la bouche ! Il avait également rêvé de ce cheval noir. Il avait fait une course avec lui ! Il avait rêvé d'un autre pays. Il venait du Japon. Mais ce qui l'interpella le plus, c'était le fait qu'il puisse bouger ses doigts de pied. La jeune femme retrouva Kimura assis sur son lit lorsqu'elle entra dans la chambre. Elle exprima sans aucun doute de l'étonnement et de la joie. C'est du moins ce que comprit Kimura. Lorsqu'il eut mangé et qu'elle eut fait sa toilette habituelle, elle le sortit au côté de ce vieil homme.

Celui-ci lui reparla de nouveau longuement, tandis que Kimura lui profitait que personne ne le voit pour bouger ses doigts de pied.

Le lendemain, après de nouveaux rêves, il se réveilla de nouveau en sursaut. Cette fois c'étaient ses pieds qu'il pouvait bouger. Une nouvelle journée passa. Puis le jour suivant fut identique. Un matin cependant, Kimura put enfin bouger ses jambes. Mais celles-ci ne pouvaient pas encore le porter. Il se retrouva au sol rapidement sous un grand boom. La porte de la chambre s'ouvrit brusquement et la jeune femme le releva en lui parlant sévèrement. Kimura comprit qu'elle l'avait sans doute sermonné sur ses intentions.

Elle lui donnait de moins en moins de médicaments. Ses rêves devenaient de plus en plus clairs. Son esprit devenait de moins en moins embrouillé. Quelques jours plus tard, la jeune femme reçut un appel sur son portable. Kimura ne comprit pas sa réaction. Elle semblait totalement chamboulée par la suite.

Le jour suivant, Kimura fut de nouveau sur le dos du pur-sang. Il appréciait grandement ses moments. D'autant plus qu'il pouvait maintenant bouger ses jambes et donner des ordres. Même si ces gens ne semblaient pas s'en être aperçus. Ils l'emmenaient maintenant faire le tour de la propriété. Le pur-sang était toujours calme avec Kimura. Ce qu'il leur donna de plus en plus confiance. Ce jour-là, Kimura trouva la jeune femme encore plus chamboulée que d'habitude. Elle lui parlait avec plus d'entrain. Elle semblait totalement excitée. Lui n'attendait que le moment où il serait sur ce cheval. Ce moment arriva enfin. La jeune femme semblait regarder constamment le ciel avec attention. Kimura, lui, se contentait de faire avancer son cheval. Au bout d'un moment, un bruit au loin attira son attention. Un bruit venant du ciel. Un bruit qu'il reconnut avec terreur. Il se souvient soudain du moment où il était dans l'une de ces machines. Du regard de cet homme qui le regardait partir. Il se souvient de cette tristesse qu'il avait éprouvée. De ce moment de terreur où il ne pouvait rien faire d'autre que de regarder. La peur monta en flèche. Il ne voulait pas repartir avec cet homme. Kimura aperçut soudain au loin un hélicoptère qui volait dans leur direction. La terreur devint de plus en plus insoutenable. Il fallait qu'il fuie. Il fallait qu'il s'échappe. Le pur-sang qui avait sans doute capté sa terreur releva brusquement la tête. L'homme qui le tenait avait le regard ailleurs. Kimura lui arracha soudain la longe des mains avant que celui-ci ne puisse réagir. Il talonna fortement le pur-sang qui comprit aussitôt et partit au triple galop. Celui-ci sauta aisément la barrière de la propriété et atterrit en souplesse de l'autre côté. Kimura ne prêta pas attention aux divers cris qu'il entendit derrière lui. Il se positionna en position jockey malgré cette selle un peu étrange. Le pur-sang, lui, galopait encore plus vite. Il avait senti la frayeur de son cavalier. Il avait compris qu'ils devaient fuir. Il galopa à fond de train droit devant lui. Kimura se sentit soudain libre. Quelque chose se passa en lui. Des images lui revinrent rapidement. Il se souvenait soudain de sa vie d'avant. De sa rencontre avec Ogawa. De son enlèvement par son ancien tuteur. Il ne l'avait pas revu depuis que celui-ci l'avait emmené dans cet hélicoptère. Non ! Il ne fallait surtout pas qu'il le rattrape ! Ils sentirent soudain l'hélicoptère qui les suivait. Kimura n'entendit pas la voix qui l'appelait. Il continua de galoper. Même les quelques cavaliers qui se trouvaient là le poursuivirent. Mais ils ne firent pas le poids dans la durée contre ce cheval de course. Le pur-sang les largua à plate couture. Kimura se retrouva seul au beau milieu de nulle part, toujours suivi par cet hélicoptère qui se rapprochait dangereusement. Le pur-sang se dirigea vers une grande forêt. L'hélicoptère qui les perdit de vue tourna un bon moment avant de finalement repartir. Kimura était à l'arrêt sur le pur-sang sous l'un des grands arbres. Ils avaient besoin de faire une pause. Ils repartirent ensuite au pas. Kimura se doutait qu'ils allaient envoyer des cavaliers à sa recherche. Il devait profiter de l'avance qu'il avait acquise. Ils marchèrent même lorsque la nuit fut tombée. Kimura ignora la faim qui le tenaillait. Ses jambes commençaient à devenir douloureuses.

— Comment puis-je retourner au Japon ? dit-il. Je n'ai aucun papier sur moi. Je ne sais absolument rien de ce pays. Comment Ogawa va-t-il me retrouver maintenant ? Sait-il que je suis aux États-Unis ?

Kimura dut faire un arrêt au pied d'un grand arbre. Il n'en pouvait plus. Il se laissa glisser lentement au sol et se coucha en boule. Il s'endormit aussitôt. Le pur-sang brouta un bon moment en restant non loin et montant la garde. Puis, il se mit près de Kimura pour dormir lui aussi. Kimura se réveilla un peu frigorifiée au petit matin. Il réussit avec étonnement et malgré les fortes douleurs aux jambes à se mettre debout. Il marcha en s'aidant des arbres et du pur-sang. Il trouva des baies et surtout une rivière où ils purent boire. Il profita d'un rocher pour remonter sur le dos de sa monture. Ils partirent de nouveau au pas. Selon le terrain, Kimura put même faire un long galop, ayant toutefois plus de mal à tenir au trop.

Ils marchèrent toute la journée, épiant le moindre bruit venant du ciel et de la terre. Il se reposa de nouveau sous un grand arbre. Ils repartirent de nouveau le lendemain. Ils trouvèrent encore quelques baies à manger. Kimura se sentait de plus en plus faible.

— À ce rythme-là, je ne vais pas tenir très longtemps, dit-il en regardant le pur-sang brouter. Toi au moins, tu peux trouver de quoi manger convenablement.

Le lendemain, ils durent s'abriter à l'entrée d'une petite grotte à cause de la pluie.

— Au moins cela effacera mes traces, se dit-il, en regardant celle-ci tomber.

Ils repartirent le jour suivant. Kimura aperçut l'entrée d'un champ qui semblait cultivé. Il profita de quelques légumes et de quelques fruits qui pouvaient se manger crus. Cela le rafraîchit considérablement. Ils longeaient la forêt depuis plusieurs jours. Il évita cependant les habitations. Un peu plus tard dans la journée, il tomba sur une route. Il la suivit un bon moment. Il entendit soudain une voiture arriver. Il tenta de cacher son visage avec le chapeau de cow-boys qu'il avait gardé depuis son évasion. Il prit peur lorsqu'il reconnut un véhicule des forces de l'ordre. Ceux-ci, moins dupes qu'ils en avaient l'air, l'avaient sans doute reconnu au premier coup d'œil. Ils lui parlèrent toujours dans cette langue qu'il ne comprenait pas. Kimura se mit au galop et s'enfonça à travers le bois.

Ce fut le lendemain cependant que les choses se corsèrent. Kimura avait toujours aussi faim, son régime alimentaire étant limité par ce qu'il pouvait trouver par-ci par-là. Il reconnut un groupe de cavaliers au loin. Et bien qu'ils prirent la fuite, ils furent de nouveau poursuivis. Peu après ce fut le brouhaha d'un hélicoptère qui les prenait en chasse qui les firent partir au triple galop. Kimura se retrouva de nouveau pris en chasse par différents cavaliers qui lui criaient dessus sans qu'il n'en comprenne un seul mot. Il se retrouva soudain encerclé, avec devant lui une grande montée qui devait certainement se finir par un ravin. Kimura fit tourner longuement son cheval avant de s'élancer vers celui-ci.

Il n'écouta pas les cris que lui lançaient les hommes derrière lui. Il continua de galoper. Ils se turent soudain.

— Kimura ! Quand est-ce que tu vas enfin arrêter tes conneries ! entendit-il soudain.

Kimura avait reconnu cette voix ! Il réussit tant bien que mal à arrêter sa monture et se retourna. Il aperçut alors Ogawa au milieu des policiers. Celui-ci avait pris un haut-parleur. Il le redonna à l'un des policiers et se dirigea vers lui lentement.

Kimura ne savait plus quoi faire. Il se contenta d'attendre. Son cœur battait de plus en plus fort.

— Kimura ! Mais qu'est-ce qu'il t'a pris de t'enfuir comme ça ! Je t'ai cherché pendant des jours ! criait-il en avançant vers lui. Et le jour où je te retrouve, tu fuis à nouveau ?

Ogawa tendit la main dans leur direction. Le pur-sang qui le regardait maintenant avec la plus grande attention l'avait reconnu lui aussi. Il se dirigea lentement, au pas, vers lui. Kimura le laissa faire. Il ne savait plus comment réagir. Il se sentit soudain très mal. La fatigue et les douleurs, la faim, vinrent le marteler en même temps. Ogawa se trouva soudain à ses côtés. Ils se regardèrent un bon moment. Kimura flancha. La fatigue et le stress eurent raison de lui. Il se retrouva dans les bras d'Ogawa sans qu'il puisse y faire quoi que ce soit. Il put de nouveau sentir cette odeur qu'il aimait tant avant de sombrer dans un profond sommeil.

— Kimura ! Combien de temps encore vas-tu me faire courir comme ça ? s'écria Ogawa en le serrant tendrement dans ses bras.

10

« Pourquoi lorsque tout semble finalement tranquille, une chose terrible semble se profiler à nouveau... »

Kimura se réveilla dans une chambre d'hôpital. Il constata avec soulagement qu'il était de nouveau au Japon. Osami se trouvait à son chevet. Il ne put apercevoir autre chose avant de refermer de nouveau les yeux.

Lorsqu'il se réveilla de nouveau, il trouva Ogawa près de lui qui semblait l'observer avec inquiétude.

— Kimura ! Tu te décides enfin à revenir vers nous ! s'écria celui-ci. Il serait temps.

Kimura ne put ouvrir la bouche.

— Tu as battu ton record d'âneries cette fois-ci. Tu t'es totalement épuisé et tu étais déshydraté lorsqu'on t'a retrouvé. Mais qu'est-ce qu'il t'a pris de t'enfuir alors que je venais te chercher ? Tu ne pensais tout de même pas que je t'avais oublié ? Même s'il avait fallu parcourir le monde entier pour te retrouver, je l'aurais fait sans aucune hésitation !

Kimura ne comprit pas du tout ce que voulait dire Ogawa. Il regarda un moment la pièce et referma de nouveau les yeux.

Ce furent des voix qui le réveillèrent de nouveau.

— Ça fait cinq jours qu'il est dans cet état ! dit la voix d'Ogawa.

— Il est resté deux trois jours sans vraiment manger ni boire, après ce qu'il a vécu son corps récupère. C'est tout à fait normal. Il faut attendre Ogawa. Sois patient. C'est déjà un miracle que l'on ait pu le retrouver en vie !

— Quand est-ce que je pourrais le ramener à la résidence ?

— Il faut attendre qu'il se réveille complètement. Je veux voir dans quel état psychologique il se trouve d'une part, et d'autre part il ne doit plus y avoir trace de ces fichus traitements qu'il a reçus. Le pauvre, il n'a même pas dû comprendre la moitié de ce qui s'est passé.

Kimura ouvrit enfin les yeux.

— Kimura ?

— Vous êtes vraiment bruyants tous les deux, dit-il. Vous parlez d'un réveil…

Ogawa et Osami l'observèrent, tentant de comprendre ce qui venait de se passer.

Il venait de plaisanter ? Osami se mit soudain à rire.

— Finalement, tu as l'air d'aller beaucoup mieux !

— Je crois n'avoir jamais passé de vacances comme celle-là, en plus je suis parti à l'étranger…

— Kimura ? s'écria Ogawa en s'asseyant au bord du lit.

— Ogawa, je suis désolé. Je crois que je ne savais pas vraiment ce que je faisais.

— Kimura, dit Osami. Ogawa va te raconter ce qui s'est passé. Afin que tu ne sois perdue et que tu ne t'imagines encore des choses. Je vous laisse pour l'instant.

Osami sortit de la chambre sur ces derniers mots. Ogawa s'assit au bord du lit et prit la main de Kimura qui se mit à rougir.

— Lorsque j'ai vu l'hélicoptère t'emmener avec ce fou, j'ai cru que c'était la fin du monde pour moi, commença Ogawa. Nous t'avons cherché partout. Pendant des jours et des jours, nous avons cherché en vain. Et puis ton ami Miura a trouvé une information comme quoi Ekei était parti aux États-Unis. Nous avons donc supposé qu'on t'y avait emmené. Entre-temps, on a volé mon cheval alors que nous le transférions à mon autre propriété. Nous sommes donc partis aux États-Unis nous aussi, mais seulement après qu'un Américain nous a contactés en nous demandant si nous connaissions un jeune homme du nom de Kimura. Il a réussi à nous trouver grâce à ton tatouage. Cela lui a pris des jours pour nous contacter.

— Oui, je me souviens, confirma Kimura. Il y avait ce type qui est venu un jour. Il m'a ausculté et pris mon tatouage en photo. Je n'avais pas compris pourquoi.

— Ce type était le frère de la jeune fille qui s'était occupé de toi. Elle fait des études d'infirmière. Et elle a trouvé un travail d'été en s'occupant de toi. Ekei l'avait bien payé. Mais elle a trouvé des choses bizarres dans ton comportement, elle a voulu se renseigner sur ton traitement en demandant à son frère qui lui était déjà devenu médecin. Il a découvert qu'on te droguait. Il a voulu en savoir plus sur toi. Mais Ekei a fait l'erreur de ramener mon pur-sang au même endroit. Ta réaction et la sienne l'un envers l'autre ont confirmé leurs doutes. Ils ont pris l'initiative de diminuer ton traitement. Ce qui a bien évidemment encore plus confirmé ce qu'ils avaient deviné, vu que ton état semblait grandement s'améliorer.

— Et Ekei ? s'écria soudain Kimura.

— Rassure-toi. Il a été mis aux arrêts aux États-Unis. Il n'est pas prêt de sortir après ce qu'il a fait. Sur leur territoire d'abord et au Japon ensuite. On ne le reverra plus jamais.

Kimura parut soulagé.

— Kimura, je sais ce qu'il t'a fait endurer et ce qu'il a voulu te faire. Est-ce qu'il…

— Non. Il n'en a pas eu le temps, s'empressa de répondre Kimura.

— Je suis soulagé. Kimura, je comprendrais que tu veuilles me quitter ou quitter la résidence après ça, je…

— Ogawa, je pense que nous avons perdu suffisamment de temps comme ça. Je me suis trop longtemps voilé la face, j'ai eu peur de je-ne-sais-quoi et j'ai réagi stupidement.

— Je comprends. Je ne t'embêterai plus, je…

— Ogawa ! Je vous aime ! s'écria soudain Kimura. J'ai envie de vivre avec vous, j'ai envie de…

— Kimura ! Je croyais que tu…

— Vous n'êtes qu'un idiot ! Je vous aime !

Ogawa prit Kimura dans ses bras.

— Ogawa, je veux vivre avec vous. Je ne veux plus que nous soyons séparés.

— On ne se quittera plus jamais. Mais la prochaine fois que quelque chose te travaille ou que tu ne comprendras pas une situation, promets-moi de m'en parler. Ne t'enfuis plus.

— Je vais essayer.

Kimura put retourner à la résidence deux jours plus tard. Il se sentait de mieux en mieux. Ogawa continuait de dormir auprès de lui tous les jours, mais ne tentait rien. Il attendait que Kimura se sente mieux et surtout qu'il oublie toute cette histoire. Kimura avait retrouvé cette bonne odeur qu'il aimait tant. Il dormait beaucoup, ce qui inquiétait Ogawa même si Osami lui avait pourtant dit que c'était tout à fait normal. Il se passa quelques jours ainsi. Ogawa regardait souvent Kimura dormir. Son sommeil, au fil du temps, devenait de plus en plus calme. Kimura n'avait pas exprimé le moindre mot ou désir le concernant, ou concernant leur relation future. Ogawa se demandait si Kimura l'aimait toujours. Un soir cependant, Kimura attendit qu'Ogawa vienne le rejoindre et le traîna sans explications dans la salle de bains avec lui.

Celui-ci le regarda avec interrogation.

— Tu veux passer ta vie avec moi ? lui demanda Kimura devenu tout rouge. Malgré ce qu'il s'est passé, malgré ce que je suis ?

Ogawa se demandait pourquoi Kimura l'avait soudain tutoyé. Cela ne lui ressemblait pas.

— Comment ça, malgré ce que tu es ? Oui, bien sûr je veux vivre avec toi !

— Tu veux que l'on soit amant ?

— Oui, évidemment, répondit Ogawa. Mais avec ce qui s'est passé, je pensais que tu…

— Alors, qu'attendons-nous ? Oui j'ai peur ! Oui, je n'y connais pas grand-chose ! Mais j'ai failli être lié à un homme que je n'aimais pas ! Pour ma première fois, je veux que ce soit avec toi et personne d'autre ! Il ne s'est pas passé un seul jour sans que je pense à nous, ce que nous aurions pu faire et que nous n'avons pas fait à cause de ma stupide peur !

— Kimura, avoir peur n'est pas stupide. Ce n'était pas le moment pour toi, tu n'étais pas prêt tout simplement, tenta de le rassurer Ogawa. Je ne veux pas te brusquer. Je veux que tu sois prêt et que tu prennes autant de plaisir que moi. Tu comprends ?

— Alors, allons-y ! Je veux le faire ! Ce soir ! Et je veux le faire avec toi ! Je sais que tu seras doux avec moi.

Kimura se déshabilla et attendit qu'Ogawa ait fini pour le faire entrer dans la douche. Ils fermèrent la porte de celle-ci et y restèrent un bon moment…

La nuit fut longue, extrêmement longue pour tous les deux.

Osami fut étonné de voir Kimura toujours endormi en milieu de matinée, alors qu'il venait pour l'examiner comme chaque jour depuis qu'il était revenu. Il posa un regard interrogateur à Ogawa qui attendait confortablement assis sur le fauteuil. Celui-ci le regarda également, mais ne put dire aucun mot.

— Vous l'avez fait ? s'écria soudain Osami. Vous l'avez enfin fait ?

— Osami… commença Ogawa sensiblement gêné.

— Alors ? demanda Osami avec inquiétude.

Il se demandait surtout si Kimura avait été jusqu'au bout. Le fait qu'il ne l'ait pas appelé voulait dire qu'il n'avait pas fait de malaise, ce qui était plutôt bon signe.

— Je n'oublierai jamais cette nuit, répondit Ogawa lentement et regardant Kimura dormir profondément. C'était la plus belle nuit de toute ma vie. Nous avons fait qu'un ! Enfin ! Nous nous sommes liés. Et…

— Euh… Je pense que je vais revenir demain. De toute façon, il a l'air d'aller beaucoup mieux maintenant. D'ici là, essayez de ne pas trop le fatiguer.

— Oui. Je pense qu'il ira mieux maintenant, continua Ogawa. Il a enfin compris que quelqu'un l'aimait vraiment et qu'il pouvait enfin lui faire confiance.

— Ce n'est pas trop tôt ! Espérons qu'il arrête de s'imaginer des choses et qu'il ne reprenne pas la poudre d'escampette une nouvelle fois.

Osami sortit de la chambre en souriant. Ogawa prit un livre posé sur le bureau et le feuilleta jusqu'au moment où Kimura ouvrit les yeux.

— Comment te sens-tu ?

— Bien, répondit celui-ci. Pour la première fois de ma vie, je me sens comme en paix avec moi-même.

— Et physiquement ?

— Ben… Je crois que j'aurais du mal à me lever, répondit-il avec un léger sourire.

— Eh bien cela me donnera l'occasion de m'occuper de toi encore plus, fit Ogawa en souriant et posant le livre. Premièrement, la toilette !

— Hein ? Non, je peux me laver tout seul, tu sais et…

Ogawa le prit dans ses bras et l'emmena aussitôt dans la salle de bain, ignorant totalement les protestations de Kimura.

— Ogawa non ! Ogawa !

Kimura était en ville avec son ami Miura. Ils avaient fait plusieurs magasins ensemble. Kimura voulait aller voir une nouvelle librairie qui vendait exclusivement des mangas. Il aperçut soudain, à travers la vitrine, une femme avec des cheveux clairs et de grosses lunettes de soleil qui semblait les observer. Il voulut en parler à son ami, mais lorsqu'il regarda de nouveau dans la même direction, celle-ci avait disparu. Ils continuèrent leur shopping jusqu'au soir.

Kimura allait à la fac à pied dorénavant. Ogawa, bien qu'il souhaitait toujours le faire raccompagner, avait finalement accepté de le laisser se déplacer seul. Il lui avait même promis qu'il ne le ferait pas suivre.

Sur le chemin, il aperçut de nouveau cette femme. À son regard, elle se détourna. Kimura continua sa route et retrouva Atami à la fac. Ils rentrèrent de nouveau ensemble le soir même.

— Tu me sembles plus enjoué ces derniers temps, lui dit soudain Atami. Vous avez enfin conclu ?

Kimura avala de travers une partie de la boisson qu'il était en train de boire et toussa bruyamment.

— Je pense avoir raison vu ta réaction, continua celui-ci en souriant.

—Atami ! C'est déjà suffisamment embarrassant pour moi…

— Je ne comprends vraiment pas ta réaction, tu sembles heureux pourtant.

— C'est tout nouveau pour moi. Laisse-moi le temps de m'y habituer.

— Ah, je vois. Tu as du mal à imaginer que tu es gay.

— Pourquoi cela ne semble pas te choquer, toi ?

— Parce que moi j'ai accepté de l'être !

— Toi aussi ?

— Oui. Les gens réagissent différemment lorsqu'ils comprennent qu'ils sont finalement gays. Certains comme moi l'acceptent immédiatement, d'autres jamais et d'autres comme toi se battent contre leurs sentiments avant de finalement succomber. Généralement, c'est grâce à leur futur partenaire qui est compréhensif et sait attendre le bon moment.

— Tu deviens vraiment un expert en la matière, fit Kimura en regardant la voiture au loin qui semblait les surveiller.

Il reconnut encore cette étrange femme au volant de celle-ci.

— Cette fois, il n'y a plus aucun doute, se dit-il. Elle nous suit.

— J'observe les gens, c'est tout.

— Tu as compris en me rencontrant que je l'étais ?

— Évidemment ! Entre gays, on se comprend. Même si tu n'étais visiblement pas encore prêt à accepter. Alors Ogawa a attendu. Il a bien fait.

— Oui, il a attendu plusieurs semaines voire plusieurs mois. Maintenant, je m'y habitue petit à petit. Dis-moi, ça te dirait de passer à cette nouvelle librairie ?

— Celle qui vend des mangas ?

— Oui.

— OK on y va.

Ils choisirent plusieurs livres. Lorsqu'ils sortirent, Kimura ne vit aucune trace de la voiture ni de la jeune femme.

— J'ai sans doute rêvé, se dit-il.

Ils se séparèrent plus loin et Kimura entra à la résidence. Ogawa l'attendait visiblement inquiet.

— Tu rentres plus tard !

— Oh, nous nous sommes arrêtés à cette nouvelle librairie en sortant de la fac.

— Préviens la prochaine fois que je ne m'inquiète pas pour rien.

— Je suis désolé.

— Allez, viens.

Ogawa le prit dans ses bras et l'embrassa tendrement.

Le jour suivant, Kimura retrouva Atami à la fac. Ils se retrouvèrent le soir devant leur casier. Kimura s'apprêtait à sortir certains de ses livres lorsqu'il fut brusquement bousculé par un autre étudiant. Celui-ci s'excusa plusieurs fois en l'aidant à ramasser les livres tombés à terre. Puis, il disparut.

— Je ne l'ai jamais vu celui-là, fit Atami en accompagnant Kimura à l'extérieur.

— Tu sais, il y a beaucoup d'étudiants à cette fac, on ne peut pas tous les connaître. C'est peut-être un nouveau.

— Sans doute, répondit celui-ci visiblement peu convaincu.

Le regard de Kimura fut attiré par une voiture stationnée non loin. Une voiture qu'il avait déjà vue auparavant. Il reconnut la jeune femme aux lunettes noires.

— Tu as déjà vu cette femme toi ? demanda-t-il soudain à Atami en lui indiquant l'endroit du regard.

Celui-ci regarda dans la direction indiquée et secoua négativement la tête.

— Non, pourquoi ?

— Parce que ce n'est pas la première fois que je la vois et j'ai bien l'impression qu'elle en a après moi.

Celle-ci fit démarrer la voiture et disparut au coin de la rue.

— Tu en es sûr ? Je croyais qu'Ogawa avait promis de ne pas te faire suivre.

— Normalement, c'est le cas.

— Pourquoi tu penses qu'elle en a après toi ? Peut-être qu'elle attend simplement une personne de la fac.

— Dans ce cas, peux-tu m'expliquer pourquoi cela fait plusieurs jours que je l'aperçois et dans différents endroits. Elle était devant la librairie l'autre jour.

— Je ne sais pas. Peut-être que tu devrais en parler à Ogawa.

— Oui, je lui ai promis de ne plus me sauver bêtement, répondit-il en souriant. Je lui en parlerai ce soir.

Atami se mit à rire.

— Sage décision. Parce que le connaissant de toute façon, tu n'as aucune chance de lui échapper, même si tu pars au bout du monde, il serait bien capable de te retrouver.

— Oh, ça, je le sais maintenant. J'en ai eu une belle preuve !

Ils se mirent à rire.

— Bon, je te laisse, j'ai promis à ma mère de rapporter du tofu. À plus !

Kimura tourna au coin de la rue. Il crut apercevoir de nouveau cette voiture au loin. Il se dépêcha de rentrer à la résidence avant que celle-ci ne revienne.

Ogawa étant visiblement absent ce soir-là, il ne put lui en toucher un mot. Kimura se contenta d'aller dans leur chambre et commença à étudier. Il prit un autre livre lorsqu'un papier tomba de celui-ci.

— Qu'est-ce que c'est ?

Il prit le papier et le déplia.

« Kimura Sei, si tu veux savoir la vérité sur tes origines, retrouve-moi demain soir à 17 h dans le parc.

Une femme qui te connaît bien. »

— La femme à la voiture noire ! s'écria Kimura. Je suis sûr que c'est elle ! Elle connaît mon nom ?

Kimura ne put parler à Ogawa ce soir-là et le lendemain, celui-ci n'était toujours pas revenu de sa réunion. Il retourna donc à la fac et décida d'aller à ce fameux rendez-vous dans le parc.

Il marchait depuis un bon moment avant d'apercevoir le même étudiant qui l'avait bousculé la veille.

— Ah, c'est toi qui m'as mis ce mot dans un de mes livres ? lui demanda Kimura en prenant soin de garder ses distances.

— Oh, je vois que tu te méfies de moi ! fit celui-ci en souriant.

— On n'est jamais trop prudent.

— Malheureusement pour toi, le danger ne viendra pas de moi, fit celui-ci.

Kimura n'eut pas le temps de comprendre ce qui lui arriva. On l'avait saisi par derrière et il se retrouva rapidement avec une main munie d'un mouchoir humide devant le visage. Il ne mit pas longtemps à s'effondrer.

11

« J'entends souvent dire qu'on ne choisit pas sa famille, ils ne croient pas si bien dire... »

Kimura se réveilla difficilement. Il se trouvait inconfortablement attaché sur une chaise au beau milieu d'une pièce sombre. Il bougea légèrement la tête pour scruter les environs. Sa tête lui faisait atrocement mal.

— Encore ! se dit-il. Cette fois, ce n'est pas de ma faute ! Que va-t-il m'arriver encore ?

La lumière s'alluma brusquement. Il dut fermer légèrement les yeux pour s'habituer à elle avant de pouvoir les ouvrir de nouveau.

— Tu en as mis du temps à te réveiller ? cria une voix de femme. C'est à croire que tu aimes dormir !

Kimura ouvrit totalement les yeux cette fois et reconnut la femme aux lunettes noires.

— Vous ? s'écria-t-il.

— Ah, je vois que tu ne me reconnais pas ! Ça fait vraiment plaisir ! Tu es bien le fils de ton père !

— Mon père ? répéta Kimura. Mais il est mort depuis longtemps !

— Ah, ça, merci, je le sais très bien ! Je me suis retrouvée toute seule à cause de lui. J'ai dû fuir et t'abandonner par la même occasion. Je vois ce que ça a donné !

— M'abandonner ? Attendez ! Je ne comprends rien à ce que vous me dites ! Qui êtes-vous d'abord ?

— Espèce de crétin ! Tu n'es même pas capable de reconnaître ta propre mère ! lui cria-t-elle en se rapprochant et en lui décollant une gifle par la même occasion.

— Ma mère ? Je ne l'ai pas vraiment connue, vous savez. Et puis mon père ou ce tuteur qui se sont occupés de moi n'ont pas voulu me parler d'elle.

— Je vois.

— Que me voulez-vous ?

— Je suis ta mère, donc je veux retrouver mon fils.

— Vous n'étiez pas obligé de m'enlever pour ça.

— Parce que tu crois que ton amant aurait accepté que je te voie ? Surtout après ce que ton crétin de père a fait subir à son clan ?

— Je ne sais pas. Mais là, il est sûr que vous avez pris la mauvaise décision. Il ne vous le pardonnera pas. Il vous retrouvera à coup sûr.

La femme se mit à rire.

— Oh, non je ne crois pas. Tu m'as trahi tout comme ton père. Tu vas devoir payer pour ça. En tant que mère, je vais devoir te punir.

— Trahi ? Punir ? Je ne comprends pas ! Je n'ai rien fait, moi !

La femme qui prétendait être sa mère lui remonta sa manche.

— Et ça ? C'est quoi ? Tu as changé de clan ?

— Je n'ai jamais appartenu à aucun clan ! Ni à celui de mon père !

— Ah oui, alors pourquoi as-tu le tatouage du clan Ogawa ? Pourquoi en plus a-t-il fallu que tu deviennes en plus son amant ?

— Je suis adulte maintenant ! J'ai le droit de choisir ma vie !

Kimura fut quitte pour une nouvelle gifle.

— Tu vas apprendre le respect avec moi ! Apprendre à me respecter. À respecter ton ancien clan !

— Je n'ai jamais fait partie de votre clan ! cria Kimura.

— Tu es mon fils pourtant ! Tu aurais dû appartenir à notre clan ! Pas à celui de notre pire ennemie !

Kimura la dévisagea avec défi.

— Oh, je vois que tu as pris du poil de la bête ! Ton tuteur a bien mal travaillé, on dirait !

— Vous connaissiez Ekei ? demanda soudain Kimura avec effroi.

— Évidemment ! Bien plus que tu ne peux le croire ! Il me tenait au courant de tout. Mais après t'avoir retrouvé, il a été arrêté et emprisonné à cause de ton Ogawa ! J'espère que tu es fier de toi ! Je suis de nouveau seule !

La femme éteignit la lumière et le laissa dans le noir complet.

Kimura ne comprenait plus rien. Sa mère était toujours en vie ? Elle connaissait Ekei ? Non seulement ça, mais elle savait ce que celui-ci lui faisait subir pendant toutes ses années ? Elle savait, et elle n'avait absolument rien fait ?

Ce ne pouvait pas être sa mère ! Une mère était censée protéger ses enfants !

Kimura resta de nombreuses heures ainsi à ruminer. Il sommeilla par moment. Jusqu'au moment où sa mère revint.

— Il va falloir que l'on déménage d'ici peu. Donc tu vas rester bien sage.

— Relâchez-moi !

— Tu plaisantes ! Maintenant que je t'ai retrouvé, il va falloir que tu te fasses pardonner ! Il va falloir que je t'éduque moi-même ! Visiblement, on est mieux servi que par soi-même !

— Alors, pourquoi vous n'êtes pas venu me chercher avant ? Pourquoi vous m'avez laissé aux mains de cet Ekei ? lança froidement Kimura.

— Ne parle pas de lui comme ça ! C'est lui qui s'est occupé de toi pendant que je croupissais en prison ! C'est lui qui me tenait au courant de tes avancées.

Sa mère avait fait un séjour en prison ? Kimura se dit qu'il avait finalement une drôle de famille. La femme sortit une fiole de sa poche et l'ouvrit.

— Maintenant, tu vas être bien sage et faire un joli petit somme le temps que l'on te déménage dans un autre lieu plus sûr. Ton Ogawa remue ciel et terre pour te retrouver. Visiblement, il t'aime bien plus que je ne l'aurais imaginé.

— Jamais il n'abandonnera ! confirma Kimura. Jamais !

— Moi non plus. Crois-moi !

La femme ouvrit la fiole et prit le visage de Kimura. Elle lui fit respirer de force le contenu. Au bout de quelques secondes, sa tête tomba doucement sur le côté.

— Bien. Tu vas être bien sage maintenant.

Kimura se réveilla dans un lit. Il regarda autour de lui.

— On peut dire que tu es un bon dormeur ! entendit-il.

Cette fois, c'était la voix d'un jeune homme et non celle de sa soi-disant mère qu'il entendit.

Kimura reconnut le jeune étudiant qui l'avait bousculé l'autre fois.

— Tu as dormi comme un bébé, bien tranquillement, tout le long du voyage. Ça nous a vraiment facilité la tâche.

— Qui êtes-vous ? demanda Kimura en se massant le front et en essayant de relever la tête.

— Je te conseille de ne pas te lever, tu n'es pas en état de bouger avec ce que l'on t'a injecté. Si je devais te toucher ne serait-ce qu'un peu, je crains que je ne puisse pas me retenir par la suite.

— Vous retenir ? demanda Kimura en se demandant s'il avait bien compris.

Décidément, il se demanda bien ce qu'il avait fait pour que tout le monde souhaite coucher avec lui !

— Oui, pour l'instant je n'ai pas le droit de te toucher. Tu as vraiment de la chance. J'en salive d'avance…

— Pourquoi faites-vous tout ça ?

— Je vais d'abord répondre à ta première question, si tu veux bien. En réalité, toi et moi nous sommes plus proches que tu ne peux le penser. Puisque nous avons malheureusement pour moi la même mère.

— Je ne comprends pas, répondit Kimura en reposant sa tête.

— Sage décision. Ta mère s'est retrouvée seule après le départ de ton père. Je suis plus jeune que toi de deux ans seulement. Mon père n'est autre qu'Ekei.

Kimura regarda le jeune homme plus attentivement.

— Et oui, malheureusement pour toi, toi et moi nous sommes demi-frères !

Kimura ferma les yeux. En deux jours à peine, il avait rencontré une famille qu'il ne pensait pas avoir. Une famille qu'il n'aurait pas souhaité connaître… Ekei était donc bi ?

— Qu'allez-vous faire de moi ?

— Oh, c'est simple, maman veut te rééduquer et si ce n'est pas possible, j'aurais le privilège de m'occuper personnellement de toi. Je dois dire que j'attends cela avec impatience.

Kimura ouvrit les yeux et observa son demi-frère. Il n'aima pas du tout son regard.

— Apparemment, tu es l'amant du chef de clan des Ogawa. J'espère qu'il t'a fait grimper au plafond. Parce que quand je vais m'occuper de toi, ce sera l'extase.

— Quoi ? protesta Kimura. Mais si tu es mon demi-frère…

— Eh alors ? Tu crois que ça me fait peur ou que ça me dérange ? Tu es bien trop mignon. Trop beau pour être vrai. Je n'arrive pas à croire que tu fais partie de la famille ! Quoi qu'il en soit, je te ferai mien prochainement. Tu seras celui qui sera soumis. Je le ferais à la place de Ekei qui aurait dû s'occuper de toi !

— Ça ne se fait pas ! s'écria Kimura avec une expression d'horreur.

— Oh, on fait des caprices ? Rassure-toi, je sais très bien comment on fait entre hommes, Ekei m'a tout appris. Et puis, il existe plein de trucs pour faire d'un homme des plus frigide et réticent un étalon hors pair. Tu verras ! J'ai hâte d'essayer ! Tu vas même te jeter sur moi et en redemander !

Le jeune homme sourit et sortit de la chambre.

Kimura tenta de bouger en vain. Il dut s'y reprendre en plusieurs fois. Sa tête lui faisait atrocement mal. Et surtout, le sol semblait danser devant lui. Il réussit à descendre du lit en s'appuyant sur tout ce qu'il pouvait trouver. Il se dirigea vers la fenêtre. Mais celle-ci refusait de s'ouvrir. Il se dirigea vers la porte qui s'ouvrit facilement. Il marcha en titubant dans ce long couloir pour se retrouver devant une autre porte. Il ne put lire l'inscription au-dessus tellement sa vue se troubla. Il l'ouvrit et reçut une bourrasque d'air marin en pleine figure, le faisant encore plus tituber. Il fit encore quelques pas.

— Oh, Monsieur, ça ne va pas ? entendit-il.

Kimura voulut s'éloigner de cet autre voix qu'il ne connaissait pas.

— Kimura ! Mais que fais-tu là ? entendit-il en reconnaissant la voix de son demi-frère.

Kimura dut se tenir au mur. Il se sentait de plus en plus mal.

— Tu ne devrais pas te promener dans cet état !

— Il n'a pas l'air d'aller bien, vous le connaissez ? demanda l'homme qui venait de parler.

— Oui c'est mon frère. Il a un peu trop fait la java hier soir. Je vais le ramener immédiatement dans sa chambre avant qu'il ne commette une bêtise.

Kimura voulut s'enfuir, il se mit à courir, mais s'étala de tout son long.

— Allons, allons, tu ne devrais pas bouger comme ça ! Tu ne tiens même pas sur tes jambes !

Kimura sentit quelque chose le piquer au bras et ce fut de nouveau le trou noir.

Il se réveilla assis dans un fauteuil. On lui avait lié les deux mains à chaque poignée.

— Alors comme ça, tu as essayé de t'enfuir ? entendit-il en reconnaissant la voix de sa mère.

Kimura ne répondit pas. Il avait toujours cet atroce mal de tête.

— Rassure-toi, je ne vais pas soigner ta migraine. Cela évitera que tu puisses réfléchir et tentes encore de prendre la poudre d'escampette. Il y a une chose cependant que tu n'as pas comprise. Maintenant que je t'ai récupéré, je ne vais certainement pas te lâcher. Donc soit, tu coopères, soit je te donne en pâture à ton frère. Et crois-moi, il n'attend que ça !

— Que voulez-vous de moi ?

— Je veux que tu rejoignes notre clan.

— C'est impossible. J'appartiens déjà à un autre clan. Vous connaissez tout comme moi la seule façon de quitter son clan.

— Tu préfères que ton frère s'occupe de toi ? Je réfléchirais à ta place parce qu'il est plutôt inventif en matière de sexe. Crois-moi, j'ai pu voir ceux qui sont passés sous lui. Je doute qu'ils s'en remettent vraiment un jour.

Kimura la crut sur parole. Ekei avait dû être un bon professeur en la matière…

— Vous n'avez qu'à me tuer.

— Certainement pas ! Ce serait trop facile. Et puis, nous enverrons un joli colis de ce qui restera de toi à ce cher Ogawa.

— Comment pouvez-vous être mère ? Ma mère ? C'est impossible !

Kimura reçut une nouvelle gifle.

— Ne sois pas insolent avec ta mère !

Les heures qui suivirent furent des plus pénibles pour Kimura. Sa mère voulait le convertir à sa manière. Lui, lui tenait tête malgré les gifles répétées. Malgré son mal de tête et les courbatures, malgré ses cris indécents. Kimura n'en pouvait plus. Mais le visage d'Ogawa apparaissait sans arrêt dans son esprit. Il devait tenir, quoi qu'il lui en coûtait. Au bout de plusieurs heures, sa mère cria encore plus fort.

— Ton frère avait raison finalement. Tu es irrécupérable. Soit, je vais te laisser entre ses mains. Peut-être que tu changeras d'avis. Quoique je doute que tu sois capable de raisonner convenablement une fois qu'il en aura fini avec toi.

— Comment pouvez-vous laisser faire une chose pareille ?

— C'est de ta faute ! Tu ne veux pas obéir à ta mère. Tu dois être puni. Malheureusement, Ekei ne peut pas s'occuper de ton cas. Alors ce sera Eita qui le fera à sa place.

— Je fais partie du clan Ogawa ! Je ne peux pas revenir en arrière !

— Comme tu voudras.

Sa mère sortit, laissant Kimura seul. Celui-ci tenta de se libérer de ses liens.

— Oh, tu ne pourras pas t'échapper ! dit la voix de Eita.

Celui-ci était entré en silence dans la chambre, il arborait un large sourire. Cette fois, Kimura eut vraiment peur. Surtout en apercevant la petite mallette de celui-ci.

— Je vais enfin pouvoir m'occuper de toi. Crois-moi, après ça, tu seras rodé en matière de sexe entre hommes. Tu vas devenir un vrai étalon.

Je vais devoir me préparer moi aussi. Parce qu'après que je me serais occupé de toi, c'est toi qui vas t'occuper de moi. Ça va être exquis ! J'en salive d'avance ! On va faire ça comme des bêtes !

Les deux voitures arrivèrent en trombe et s'arrêtèrent brusquement devant l'entrée de la résidence. Les hommes firent sortir Atami de l'une et Miura de l'autre. On les fit entrer. Atami observa Miura du coin de l'œil pendant tout le trajet où on les conduisit dans le salon.

— Un problème avec Kimura ? demanda Miura en apercevant Osami et Ogawa.

— Il n'est pas rentré après les cours de la fac, répondit Osami.

— Vous ne l'avez pas fait suivre ? demanda Atami visiblement étonné.

— Bien sûr que non ! s'écria Ogawa. Et je le regrette amèrement maintenant !

— Alors, qui était cette femme qui semblait le suivre depuis plusieurs jours ? demanda soudain Atami.

— Comment ça, une femme le suivait ? demanda Ogawa visiblement surpris.

— Il n'en était pas très sûr, il devait vous en parler hier.

— Je ne suis pas rentrée hier, on ne s'est pas vu.

— Une femme aux cheveux clairs avec de grandes lunettes de soleil.

— Ce n'est pas beaucoup comme données pour retrouver sa trace, annonça Osami.

— Dites-moi, je peux utiliser l'ordinateur ? demanda soudain Miura qui venait d'avoir une idée.

— Tu comptes faire quoi avec si peu d'information ?

Miura se mit devant l'ordinateur du salon et se dirigea sur le net. Il pianotait tellement vite que personne ne comprit ce qu'il faisait.

— Eh bien, la ville possède des caméras dans certaines rues, si je me souviens bien. Il suffit de pirater les données de celles-ci et, avec un peu de chance, nous pourrons trouver des infos.

— Oh, là, tu m'épates ! dit Atami. Tu es bien le meilleur ami de Kimura ?

— Oui, on se connaît depuis la primaire. Voilà les photos prises près de la librairie.

— Là ! s'écria soudain Atami. C'est cette voiture-là ! Kimura me l'avait montré l'autre jour ! C'est exactement la même !

Miura fit agrandir la photo et ils purent même lire la plaque d'immatriculation. Ogawa la nota sur une feuille et la donna à Osami.

Il prit son téléphone et sortit dans le couloir.

— Avec la plaque, nous aurons le propriétaire, informa Ogawa.

— Vous avez de bons amis avec la police ? demanda Miura.

Ogawa répondit par un sourire.

— Bien. Ça permettra de gagner du temps.

— Je me demande qui est cette femme ? dit Atami. Pourquoi s'intéresse-t-elle tant à Kimura ?

Osami revint après quelques minutes.

— La voiture appartient à une certaine Aemi Aoki. Je n'ai pas plus d'informations pour l'instant.

— Aemi Aoki ? s'écria Miura. Mais c'est impossible !

— Pourquoi ? demanda Ogawa.

— C'était le nom de la mère de Kimura ! Sa vraie mère, je veux dire. Elle est censée être morte depuis longtemps !

Il pianota sur l'ordinateur. Des données s'affichaient en pagaille sur l'écran.

— Impossible ! reprit Miura.

— Quoi ? demanda Atami.

— Elle est non seulement toujours en vie, mais elle aurait également un autre fils. Un certain Eita Ekei.

Miura continua de pianoter sur le clavier.

— Je comprends. Elle s'est mariée avec le tuteur de Kimura après sa disparition. Eita est née deux ans après.

— Mon Dieu ! Mais que va-t-elle lui faire ?

Miura continua de pianoter sur l'ordinateur. Deux photos s'affichèrent à l'écran.

— Mais c'est le jeune homme qui a percuté Kimura avant-hier à la fac ! s'écria Atami en le reconnaissant.

— Il n'y a plus aucun doute. Kimura a été enlevée par cette femme ! conclut Osami.

— Il y a encore plus grave, fit soudain Miura. Elle semble appartenir à l'ancien clan de son premier mari.

— Ce qui fait de Kimura leur ennemi numéro un, en conclut Osami.

— Nous devons le retrouver au plus vite !

— J'ai deux adresses connues, informa Miura qui les nota sur un papier qu'il tendit à Ogawa.

Celui-ci le prit et sortit précipitamment suivi d'Osami.

Lorsqu'ils arrivèrent sur les lieux, ils repérèrent rapidement la voiture noire garée sur le côté.

— C'est là, dit Ogawa en vérifiant que son arme était bien chargée.

— J'appelle le commissaire, informa Osami.

— Très bien, je fais le tour et vous me rejoignez.

Quelques secondes plus tard, la porte d'entrée se fracassa sur le sol. Ogawa entra suivi d'Osami, arme à la main. Ils trouvèrent rapidement la femme en question et l'immobilisèrent. Ils entendirent des cris au-dessus et se précipitèrent dans les escaliers. Ogawa ouvrit la porte d'une des chambres d'où venait le bruit. Il aperçut Eita Ekei sur le lit avec Kimura à moitié déshabillé.

— Espèce de salaud !

Il se jeta sur lui et d'un coup de poing le mit K.O. du premier coup.

Kimura tremblait de tout son corps et regardait Ogawa avec terreur.

Osami se précipita sur Kimura pour l'examiner. Il lui inspecta les yeux. Kimura semblait souffrir atrocement de douleurs dans tout le corps. Osami inspecta les seringues sur la petite table.

— Le salaud ! Il lui a injecté cette fameuse drogue surnommée « l'étalon ».

— C'est quoi ça ? demanda Ogawa. Que va-t-il lui arriver ?

— Ogawa ! cria Osami. Vous n'avez pas le choix ! Vous devez vous occuper de Kimura. Vous devez le soulager avant que la douleur ne devienne atroce. Mais je dois vous prévenir. Il risque lui aussi d'être plutôt très entreprenant, et il ne prendra pas de gants.

— Quoi ? Mais je ne peux pas faire ça comme ça, c'est…

— Vous n'avez pas le choix ! cria Osami sur un ton qui n'acceptait aucune discussion. C'est ça ou il mourra ! Il n'y a aucun remède à part faire ce qui doit être fait ! Il vaut mieux que ce soit avec vous qu'avec quelqu'un d'autre. Je vous laisse le temps qu'il faudra.

Osami transporta le corps du jeune homme et ferma la porte derrière eux.

12

« Parfois, la honte peut nous empêcher d'avancer, mais lorsque l'on est bien entouré, on peut tout surmonter… »

Ogawa faisait les cent pas dans le salon. Osami descendit lentement les escaliers et se dirigea droit vers lui, la mine grave.

— Comment va-t-il ? demanda Ogawa à Osami. Il refuse de voir qui que ce soit après ce qu'il s'est passé. Dès que je l'approche, il est aussitôt prostré dans le coin de la chambre en boule. Je ne sais vraiment plus quoi faire !

— Il n'est pas très coopératif non plus avec moi, si cela peut vous rassurer. Il est encore sous le choc. Si je ne lui avais pas donné quelque chose pour le calmer, je n'aurais même pas pu l'examiner convenablement. Là, je viens de lui administrer quelque chose pour qu'il dorme. Il lui faut beaucoup de repos. Ça ira mieux lorsque les effets de la drogue seront totalement dissous.

— J'ai honte de moi aussi.

— Ogawa, vous aussi, vous devriez vous reposer. Vous n'avez pas dormi depuis avant-hier, il me semble.

— Je ne peux pas ! Je ne peux pas le voir dans cet état-là ! continua Ogawa en tournant en rond dans la pièce.

— Attendez-moi là, je vais préparer du thé. Je pense que vous avez grand besoin de parler.

Osami revient quelques minutes plus tard avec deux tasses de thé. Il en tendit une à Ogawa. Mais celui-ci prit celle de l'autre main. Osami lui sourit et but finalement dans celle qui était destinée à Ogawa.

— Vous ne pouviez pas faire grand-chose non plus pour l'instant, commença Osami en s'asseyant sur le canapé d'en face. Vous l'avez soulagé et libéré en grande partie de cette satanée drogue. Maintenant, il faut attendre pour que cela se dissout totalement. Il a honte de lui pour l'instant. Honte de ce qui s'est passé. De ce qu'il a pu faire. Car il sait très bien que lui ne sera jamais comme ça. Il est bien trop pudique pour ça. Heureusement que c'était avec vous et non avec son demi-frère. Ça aurait été beaucoup plus grave psychologiquement pour lui. Là j'aurais été obligé de l'emmener à l'hôpital.

— Va-t-il s'en remettre ?

— Laissez-lui un peu de temps. Cela l'a choqué vraisemblablement. Mais je pense qu'il s'en remettra grâce à vous. Ne lui parlez pas de cette expérience si lui ne vous en parle pas avant.

— Quand même ! Comment peut-on faire une chose pareille à ses enfants ! dit Ogawa plus calmement en s'asseyant sur le canapé.

Osami sourit. Il avait gagné. Ogawa semblait un peu plus calme. Il ne tournait plus en rond dans la pièce comme un lion en cage et il venait de s'asseoir. C'était bon signe.

— Sa mère et son fils ont été internés. Ils ne sont pas près de sortir. Kimura est en sécurité maintenant.

— En sécurité ? dit Ogawa en se frottant un œil. Depuis que nous nous sommes rencontrés, il a failli être tué plusieurs fois, il a été enlevé je ne sais combien de fois…

— Ogawa, vous n'êtes pas responsable de son terrible passé. Bien au contraire, vous êtes le seul à pouvoir l'aider. Vous devriez vous reposer, vous aussi. Vous n'avez plus les idées très claires. Cela vous a secoué également. Lorsqu'il se réveillera, il aura grand besoin de vous.

— Me reposer. Comment je pourrais… Et s'il se réveille avant moi ? Je veux être là lorsqu'il se réveillera. Je veux…

Osami rattrapa la tasse avant qu'elle ne tombe au sol et la posa sur la table. Il rattrapa Ogawa également et l'allongea correctement sur le canapé.

— Je vous connais mieux que personne, mon ami. Je savais très bien que vous prendriez ma tasse. Dormez maintenant. Vous en avez grand besoin, vous aussi. Je veillerai sur vous. Ne vous en faites pas, Ogawa. Et je veillerai sur le petit. Il fait partie de la famille maintenant. Je suis heureux qu'il ait touché votre cœur, heureux qu'il vous apporte le bonheur malgré tout. Vous allez bien ensemble.

Kimura se réveilla dans son lit. Il regarda longuement le plafond avant de se relever lentement. Il n'entendait aucun bruit dans la résidence. Tout était calme. Il était étonné de ne voir personne à son chevet cette fois.

— *Peut-être qu'Ogawa a été se coucher finalement, se dit-il.*

Il se remémora ce qui s'était passé l'avant-veille. Il n'était pas très fier de lui.

— Franchement, même si c'était à cause de cette satanée drogue, je me sens honteux d'avoir fait tout ça. Je me demande ce qu'Ogawa va penser de moi maintenant. Et dire que je le prenais pour un pervers et un obsédé ! D'après mes vagues souvenirs, j'ai fait bien pire…

Kimura se dirigea vers la salle de bain et prit une bonne douche. Il continuait de réfléchir.

— Je ne me souviens pas très bien de ce qui s'est vraiment passé. J'ai fait l'amour avec Ogawa. Enfin si on peut dire ça… Je l'ai pratiquement violé ! Cette drogue… Elle était puissante… Si ça avait été avec mon demi-frère… J'aurais sans doute préféré mourir après ça… Ogawa… Tu viens toujours me sauver à temps. Me pardonneras-tu ce que je t'ai fait ? J'ai honte de moi. Honte de ce que j'ai fait. De toute façon, je ne peux pas revenir en arrière. Ce qui est fait est fait. Maintenant, il faut que j'arrête de me morfondre sur mon sort, je dois aller de l'avant.

Connaissant Ogawa, je ne reverrai sans doute plus ma soi-disant mère et ce maudit frère. Nous allons enfin pouvoir vivre ensemble, lui et moi. Je ne vais pas gâcher plus de temps.

Kimura s'essuya et s'habilla rapidement. Il ne trouva personne dans sa chambre. Il en fut un peu déçu. Il descendit lentement les escaliers en silence et entra dans le salon. Ce qu'il y vit le fit grandement sourire.

Ogawa dormait à poings fermés sur le premier canapé. Osami dormait en face, sur le fauteuil, la tête posée sur le bord.

— J'en connais un qui va avoir mal au cou, dit-il en souriant.

Il se dirigea vers la cuisine pour trouver de quoi manger.

Ogawa et Osami se réveillèrent presque en même temps. Ils furent grandement étonnés de voir un Kimura assis sur le fauteuil en grignotant et surtout en les observant tous les deux d'un air relativement moqueur.

— Kimura ? s'écria Ogawa ne cachant pas sa surprise de le voir debout.

— Vous faites vraiment la paire tous les deux ! dit celui-ci.

— Oh, le jeunot ! Vous êtes prié de ne pas vous moquer de vos aînées ! grogna Osami en se relevant et en se massant le cou.

— Deux marmottes, c'est beau à voir ! se moqua Kimura.

— Je rêve ou bien il se moque de nous ? demanda Ogawa.

— Je crois que vous ne rêvez pas. Ce petit a vraisemblablement pris du poil de la bête. Il se fiche pleinement de nous, les vieux, et ce en toute impunité.

Kimura leur afficha son plus beau sourire. Il n'allait pas laisser cette histoire lui gâcher la vie. Il avait décidé d'aller pleinement de l'avant. Même si cela ne serait pas facile, il se rendit compte qu'il n'était plus seul. Il y avait une grande famille dorénavant : Le clan Ogawa.

— Trêve de plaisanterie, continua Osami. Comment vous vous sentez ?

— Ça va, répondit Kimura en s'asseyant au côté d'Ogawa. Je pense qu'il va me falloir un peu de temps pour digérer et oublier tout ça. Mais j'en ai vu d'autres. Nous sommes en vie, en bonne santé, et pouvons continuer de vivre ensemble, c'est le plus important, non ?

— Oh, là, dit Ogawa. Je crois que je viens d'attraper mes premiers cheveux blancs !

Osami se mit à rire.

— Je vous rassure, moi aussi.

— Comment m'avez-vous retrouvé ? demanda soudain Kimura plus sérieusement.

— Grâce à tes amis. Atami avait les infos qu'il fallait et Miura lui est un prodige de l'informatique. Je devrais les embaucher dans le clan Ogawa.

— Atami travaille déjà pour le clan.

— Oui c'est vrai, confirma Ogawa. Ne t'inquiète pas pour cette femme et ce jeune Ekei, ils ne sont pas près de sortir après ce qu'ils ont fait. Le commissaire me l'a assuré.

Kimura apprécia le fait qu'Ogawa ne les traite pas comme un membre de sa famille. Pour Kimura, ils n'en faisaient pas partie. Ils n'en avaient jamais fait partie de toute façon.

— J'espère que tu n'as plus d'autres parents comme cela…

— Ça, je n'en sais rien. Mon père ne m'a rien dit sur ma famille. Ni Ekei d'ailleurs. Pour lui, ma mère était morte depuis longtemps.

— Lorsque ton père a perpétré le massacre du clan Ogawa, il a rejeté ta mère alors qu'elle était enceinte de toi. Ensuite, il t'a récupéré. Le clan Ogawa s'est vengé et tu t'es retrouvé seul sous la tutelle d'Ekei. Qui entre-temps avait épousé ta mère et lui a donné un fils.

— Quand est-ce que je pourrais retourner à la fac ? demanda Kimura à Osami voulant changer de conversation.

— Dès demain, si tu veux, informa Osami.

— Entendu, dit Kimura en se levant et retournant dans sa chambre comme si de rien n'était.

— N'est-ce pas trop tôt ? demanda Ogawa avec une vive inquiétude.

— Non, bien au contraire. Si Kimura veut aller de l'avant, c'est la meilleure chose à faire. Il est plus robuste que je ne l'aurais pensé finalement.

— Il a bien changé depuis que nous l'avons connu. En à peine un an, il a vraiment évolué.

— À qui le dites-vous ? confirma Osami.

Kimura reprit ses cours à la fac. Il obtint les meilleurs résultats malgré les quelques absences répétées. Le directeur de la fac lui proposa même un poste, mais Kimura préférait réfléchir avant d'accepter. Les vacances étaient là, et il profitait du temps avec ses deux amis Atami et Miura. Ces deux-là s'appréciaient plutôt bien d'ailleurs. Ce qui faisait grandement plaisir à Kimura.

Après avoir été voir un film au cinéma, ils décidèrent d'aller faire un tour au parc voisin.

Tandis qu'ils marchaient tranquillement dans la rue en évoquant leur dernier manga acheté. Un homme en costume noir les observait depuis un bon moment. Lorsqu'ils passèrent à côté de lui, il remit ses lunettes noires.

— Et Kimura ? demanda Atami. Que vas-tu faire maintenant ?

— Ça, je n'en sais rien. Ogawa m'a proposé un poste dans une de ses entreprises, le directeur de la fac me propose également un poste.

— Tu es très demandé ! dit Miura en riant. Ogawa m'a également proposé un poste, mais le commissaire aussi. Ça va être dur de choisir.

L'homme les regarda s'éloigner. Il avait pris au passage quelques clichés avec son portable. Lorsqu'ils eurent disparu de sa vue, il se dirigea vers une grosse voiture noire garée non loin. Il entra à l'intérieur. Un homme de haute stature l'attendait. Il remonta ses lunettes en l'apercevant.

— Alors ? demanda celui-ci.

L'homme lui montra les clichés un par un.

— Celui-ci est Sei Kimura.

— Je vois. Il est plutôt beau gosse. Il semble vraiment jeune. Trouve-moi toutes les infos sur lui. J'ai besoin d'en savoir plus sur lui avant de pouvoir l'aborder.

— Bien monsieur.

— Et toi Atami ? Que comptes-tu faire après la fac ? demanda Kimura.

— Moi j'ai le choix entre travailler pour mon clan ou le tien.

— Eh bien, on a tous un choix à faire, on dirait, dit Miura.

— Vous vous pouvez travailler à mi-temps dans les deux propositions. Moi, je ne peux pas le faire pour un clan.

— C'est vrai, fit Kimura en s'asseyant sur l'un des bancs.

Miura et Atami firent de même. Dites-moi les gars, comment se fait-il que vous n'ayez pas encore de petites copines ?

Miura et Atami regardèrent Kimura visiblement gêné.

— Ben quoi ? continua celui-ci. Moi je suis casé. Ça n'a pas été facile pour moi de l'accepter, mais maintenant c'est bon. Alors ?

Miura baissa la tête. Atami ne sut que répondre.

— Bien en fait, commença Miura, on ne sait pas comment te le dire.

— J'espère que tu ne seras pas fâché contre nous, continua Atami.

— Vous ? Kimura les regarda chacun leur tour. Vous êtes ensemble ?

Il se souvient brusquement de la conversation qu'il avait eue avec Atami lors de ses débuts à la fac. Atami était également gay, lui aussi. Ce pouvait-il que lui et Miura…

— Je ne sais pas comment c'est venu… commença Atami.

— Ben ça alors ! C'est génial ! s'écria Kimura en riant. C'est récent ?

— À peine quelques semaines, répondit Miura.

— Après que je suis revenu alors. Eh ben, les gars, vous en faites des cachotteries !

— Tu ne nous en veux pas ? demanda Atami.

— Pourquoi ? Vous aussi avez le droit d'être heureux. Si vous êtes heureux comme ça, moi ça me va. Après tout, on reste toujours amis ?

— Je suis soulagé, dit Miura.

— Moi aussi, répondit Atami.

— Franchement les gars, vous ne croyez tout de même pas que j'allais vous en vouloir ?

— On ne pouvait pas connaître ta réaction.

— Vous voilà rassuré maintenant !

Le lendemain, Ogawa invita Kimura au restaurant situé au centre-ville. Le repas se passa tranquillement. Ils ne remarquèrent pas l'homme assis au coin d'une table qui déjeunait lui aussi. L'inconnu releva ses lunettes et les observait du coin de l'œil. Ils rentrèrent tard ce soir-là et marchèrent un peu dans la rue, suivis par leur voiture.

— Je suis content de te connaître, avoua Kimura.

— Je suis content que tu m'aies enfin accepté. Il t'en aura fallu du temps.

— Je suis du genre un peu têtu et buté parfois.

— Bah, le plus important c'est que l'on soit tous les deux. Que fais-tu demain ?

— Je ne sais pas. Je pense qu'on va encore aller à cette librairie, il paraît qu'il y a un auteur qui dédicace une de ses œuvres. Atami voulait y aller.

— Je vois. Profite bien de tes vacances, parce qu'une fois que tu travailleras, tu en auras moins. Travailler dans un clan de yakuza n'est pas de tout repos. Beaucoup de choses sont en jeu.

— Ah, c'est vrai, je suis pour ainsi dire adulte maintenant.

— Eh oui, bientôt tu vas avoir tes cheveux blancs toi aussi ! dit Ogawa en riant et en lui ébouriffant les cheveux.

— Très drôle !

Kimura rejoignit ses amis le lendemain à la librairie. Atami avait réussi à avoir une dédicace. Tandis qu'il montrait fièrement le manga dédicacé, non loin un homme en costume noir avec des lunettes de soleil les observait attentivement.

Il les suivit lorsqu'ils sortirent de la librairie.

— Bon, je vais rentrer. J'ai promis à Ogawa que nous passerions la soirée ensemble !

— Ça tombe bien ! fit Miura, Atami m'a invité au resto !

Ils se mirent à rire.

— Alors, tu dois te faire beau ! plaisanta Kimura.

— Quoi ? Pourquoi je ne suis pas bien habillé comme ça ?

Ils rirent de plus belle. Ils marchèrent ensemble jusqu'au croisement et laissèrent Kimura rentrer seul.

Une voiture noire s'arrêta à la hauteur de Kimura. Avant que celui-ci ne puisse avancer un peu plus loin, deux hommes en costumes chic en sortirent par-devant et deux autres en sortirent par-derrière, encerclant le jeune homme. Celui-ci les regarda dans les yeux. Son cœur se mit à battre de plus en plus fort. Il se doutait que c'étaient des hommes d'un autre clan. Mais que lui voulaient-ils ? Ils n'avaient pas l'air menaçants cette fois.

— Monsieur Sei Kimura, notre chef voudrait simplement discuter avec vous.

— Votre chef ? Et si je refuse ?

— Nous vous en ferons la demande tous les jours s'il le faut. C'est important. Très important.

— Vous ne m'emmènerez pas de force ? demanda Kimura visiblement étonné.

— Ce n'est pas dans notre intention, répondit calmement l'homme qui venait de parler. Et puis nous respectons le territoire du clan Ogawa.

— Je peux reporter le rendez-vous à un autre jour et venir accompagné dans ce cas ? osa demander Kimura.

— Comme il vous plaira, répondit celui-ci avec un signe de tête respectueux.

— Très bien, donnez-moi un numéro de téléphone pour que je puisse vous contacter.

L'un des hommes sortit un papier et un crayon. Il inscrit un numéro dessus et le tendit à Kimura.

— Nous vous remercions par avance de votre réponse.

Les quatre hommes se retournèrent et entrèrent dans leur voiture, laissant un Kimura totalement surpris. Celle-ci démarra et disparut au coin de la rue. Kimura resta encore un bon moment totalement médusé. Il n'aurait jamais cru qu'ils seraient partis ainsi et qu'ils accepteraient sa demande.

— Pourquoi un autre clan voudrait me voir, moi ? demanda-t-il.

Ils n'avaient usé d'aucune violence. Ni physique ni orale. Il décida d'en parler à Ogawa dès son retour à la résidence.

— Cela ne doit pas être un clan ennemi, informa Osami. Autrement, ils auraient employé la manière forte. Ils ont été tout à fait corrects et respectueux.

— Ce qui veut dire que la personne qui souhaite te voir est parfaitement renseignée sur toi, comprit Ogawa. Tu as bien fait de reporter le rendez-vous et de demander de venir à plusieurs. C'était bien joué ! Nous pourrons ainsi nous y préparer.

— C'est dommage cependant de ne pas savoir de quel clan il s'agissait, dit Osami.

— Je n'ai pas pu voir avec leur costume. Et je n'ai pas pensé à leur demander non plus.

— Ce n'est pas grave. On fera avec, le rassura Ogawa. Ils prirent le rendez-vous pour le lendemain. Ogawa avait pris toutes les dispositions nécessaires. Ils connaissaient le lieu et l'heure. Ils pourraient ainsi bénéficier d'aide en cas de besoin.

13

« Cette fois, je fais vraiment partie des Yakuza à part entière, et ce, pour le restant de mes jours… »

Kimura, Ogawa et Osami se rendirent au rendez-vous situé dans un grand entrepôt, non seulement éloigné de la ville mais aussi totalement désaffecté.

— Pourquoi avoir donné rendez-vous en ce lieu ? demanda Kimura visiblement inquiet.

— Ça sonne le rendez-vous avec tout le clan, informa Ogawa, ne cachant pas une pointe d'inquiétude. Je me demande bien pourquoi. C'est plutôt rare ce genre de réunion. En général, ça se fait lors d'un changement de chef de clan. Je ne comprends vraiment pas pourquoi Kimura y serait impliqué.

— Ce clan ne nous a jamais été hostile, informa Osami en apercevant un homme avec tatouage qu'il reconnut sur le bras. Je ne comprends pas leur démarche. Je ne pense pas à un piège non plus. De toute façon, si nous ne contactons pas le nôtre d'ici trente minutes, ce lieu sera totalement investi.

— Ils ont largement le temps de nous tuer d'ici là, dit Kimura.

— Ils auraient pu nous tuer à l'extérieur, informa Ogawa. De plus, ils ont accepté tes conditions sans les discuter. Non, je pense qu'il y a une autre raison. Et elle ne semble heureusement pas hostile, bien au contraire.

Des hommes les accompagnèrent à l'intérieur. Ils étaient armés, mais à aucun moment ils ne pointèrent leurs armes sur eux. On ne leur avait même pas demandé de déposer leur arme, non plus. Ce qui était considéré comme une grande marque de respect. Surtout envers un autre clan. Ogawa et Osami se jetèrent un bref regard. Ils n'avaient pas besoin de mettre de mots dans certaines situations. Ils se comprenaient. Non, ils n'étaient pas en ce lieu comme ennemis. Bien au contraire. Ils semblaient être considérés comme des alliés.

Un homme les accompagna dans une petite pièce au fond. Un canapé et plusieurs fauteuils se trouvaient au milieu. Un autre homme de haute stature en costume noir remonta ses lunettes et se leva à leur approche.

— Je vous remercie d'être venus aussi rapidement, dit-il en les saluant et les invitant à prendre place.

Kimura se sentait étrangement en sécurité. Était-ce dû à la présence d'Ogawa et de ses hommes ?

— Je dois vous parler sérieusement, Monsieur Kimura. Je vois que vous êtes bien accompagné. Monsieur Ogawa du clan Ogawa et votre homme de main, Monsieur Osami.

— Vous semblez bien renseigner sur nous, dit Ogawa en prenant place au côté de Kimura en face de l'homme.

— Je me présente, Kasuki Nishima. Je suis… J'étais l'homme de main de Hideya Kimura.

— Kimura ? répéta Kimura.

Il sentit soudain qu'il allait apprendre quelque chose d'important. Son cœur se mit à battre de plus en plus vite.

— Oui. Hideya Kimura. Il était notre chef de clan. Avant qu'il ne se fasse abattre comme un chien, il y a plusieurs mois de cela par un autre clan. Nous n'avons pas pu le venger, car un autre clan l'avait visiblement fait. Je suppose que c'était le vôtre maintenant.

Kimura se sentit soudain de plus en plus mal.

— Je ne connaissais aucun chef de clan s'appelant ainsi, informa Ogawa soudain suspicieux.

— C'est bien normal, il était plutôt discret.

— Venons-en au fait, dit Osami. Pourquoi avoir convoqué Kimura ? Vous sembliez bien le connaître. Pourtant, il me semble que ce jeune homme ou mon clan n'ayons pas vraiment eu de contact avec le vôtre.

— En effet, je me suis permis de me renseigner sur vous. Kimura était notre chef de clan et, à sa mort, il a laissé un testament. Nous devions retrouver son neveu du même nom. Afin qu'il prenne la tête de notre clan. Ce sont ces dernières volontés. Et nous les respecterons comme il se doit.

— Abattu… fit soudain Kimura avec effroi. En pleine rue… il y a quelques mois de cela…

Les images de l'homme qui avait reçu une balle en pleine tête ce soir-là lui revinrent en tête. Cet homme était son oncle ? Son cœur battait de plus en plus vite. Il ne pouvait pas le contrôler. L'homme qui avait été abattu devant lui faisait partie de sa famille ! Une autre personne dont il n'avait jamais entendu parler !

— Kimura ! s'écria soudain Ogawa.

Kimura tourna de l'œil et s'écroula sur Ogawa.

— Kimura !

Osami lui prit son pouls.

— Cela faisait longtemps que cela n'était pas arrivé !

— Pourquoi ? demanda Nishima ? Pourquoi a-t-il fait un malaise ?

— Il faut le laisser. Il va revenir à lui dans un moment, informa Osami qui espérait bien en savoir plus avant que celui-ci ne se réveille.

Ils l'allongèrent sur le canapé.

— Je crains que Kimura ait été témoin de ce meurtre, informa Ogawa. Mais il ne savait pas qui était cette personne. Ni les médias ni la police n'en avaient parlé.

— Nous devions garder cette information secrète. Jusqu'à ce que nous retrouvions son neveu. Comment a-t-il pu être témoin de ce meurtre et être encore en vie ? C'est impossible !

— Parce que je l'ai protégé jusqu'à présent, informa Ogawa. Le soir du meurtre a été le jour de notre première rencontre. Il était poursuivi par les tueurs et il s'est jeté, sans le vouloir, dans mes filets. Il est devenu membre de notre clan par la suite et aussi mon amant.

— Je vois, fit Nishima en fronçant les sourcils. Je comprends maintenant pourquoi vous l'avez accepté dans votre clan. Le fait qu'il soit lié à vous et aux nôtres fait que nous devenions automatiquement membres de votre clan.

— Est-ce que tous vont accepter cela ? demanda soudain Osami.

— Je ne sais pas. Beaucoup doivent se poser des questions et s'inquiéter. Je ne vous le cache pas. Surtout après avoir vu ce jeune homme. Ils ont peur qu'il ne soit pas à la hauteur. Ils ont peur aussi du changement. Kimura était un chef très respecté. Un bon chef.

— Kimura est quelqu'un de bien, informa Ogawa.

— Je sais, Monsieur Ogawa. Je n'en doute pas.

— C'est une lourde responsabilité que vous lui demandez là, informa Osami. Je comprends l'inquiétude de vos hommes.

Kimura ouvrit les yeux au bout de quelques minutes.

— Kimura, tu te sens bien ?

— Ça ira, merci, répondit-il en se relevant et restant assis sur le canapé en se tenant la tête.

— Veuillez m'excuser. Cela arrive de moins en moins maintenant, mais ça arrive quand même.

— Ce n'est pas grave. Je vais vous répéter ce que je viens de dire. Votre oncle a demandé dans son testament de vous retrouver. Et de vous léguer le contrôle de ce clan. En clair, vous pouvez faire ce que vous voulez de nous.

Kimura les regarda tous un à un, se rappelant chaque mot qu'il venait d'entendre. Lui, devenir chef de clan ? Chef d'un clan de Yakuza par-dessus le marché ? La vie prenait une tournure bien surprenante…

— Comment ça ? Faire ce que je veux ?

— Eh bien, vous pouvez dissoudre ce clan, en changer totalement l'organisation ou bien le soumettre au clan Ogawa.

— Est-ce que je peux prendre l'air ? demanda-t-il finalement.

— Oui, il y a une terrasse par ici.

Osami l'accompagna à l'extérieur. Ils passèrent sur un petit ponton. Kimura aperçut quelques hommes en dessous qui le fixaient avec respect mais aussi avec une pointe d'incertitude. Il comprit à leur regard leurs nombreuses questions et leurs grandes inquiétudes. Tous se dispersèrent rapidement.

— Pouvez-vous me laisser seul un moment ?

— Vous n'êtes pas à l'abri de refaire un malaise.

— Restez derrière la porte dans ce cas. Il faut absolument que j'y vois plus clair.

Osami soupira et se retira dans le couloir.

Kimura s'appuya contre la rambarde et son regard se porta au loin. L'air frais lui faisait du bien. Surtout ce léger vent qui semblait lui caresser doucement le visage. Il ferma brièvement les yeux et fit le vide dans son esprit quelques minutes avant de les rouvrir à nouveau.

— Finalement, mon destin était déjà tout tracé, dit-il. Que vais-je faire ? Que dois-je faire ? Prendre la tête d'un clan… Je n'y avais jamais songé auparavant. C'est quand même une lourde responsabilité. En aurais-je la carrure ? Moi qui ai peur de tout. Je n'ai pas l'étoffe d'un chef.

Kimura se remémora divers événements de sa vie. Celle-ci avait bien changé depuis ce fameux soir. Il avait beaucoup mûri et était devenu plus sûr de lui depuis sa rencontre avec Ogawa. Ogawa était un chef de clan respecté. Il était droit et juste. Il avait beaucoup appris avec cet homme. Oui, il avait beaucoup mûri grâce à lui.

Sa réflexion fut interrompue par des bruits de pas en dessous de lui. Kimura entendit deux hommes en train de discuter.

— Il a l'air un peu jeune pour prendre la tête de notre clan. Jeune et totalement inexpérimenté.

— J'espère qu'il ne va pas le démanteler. On a travaillé dur pour faire de ce clan ce qu'il est aujourd'hui.

— C'est vrai, on ne sait rien de lui. Je me demande ce qui a pris par la tête de notre chef d'agir ainsi.

— Il est aux côtés du chef de clan Ogawa. Ce n'est pas un mauvais gars, ce type-là. Avec un peu de chance, il devrait être comme lui.

— Je souhaite qu'il ne chamboule pas tout. Tout le monde a déjà sa place ici. Et ce depuis des années. Pourquoi notre chef a fait un tel testament ?

— Et Nishima ? Que va-t-il devenir maintenant ? Tout le monde sait que chaque chef de clan possède son homme de main. Il va certainement se faire virer.

— Ce n'est pas juste. C'est vraiment un homme compétent. Il perdrait gros s'il le changeait. Et puis, nous avons tous confiance en lui. Il nous connaît tous. Il connaît parfaitement l'histoire de notre clan.

— Quoi qu'il en soit, rien ne sera plus comme avant maintenant.

— Je le crains.

— J'espère qu'il ne va pas entamer une guerre entre plusieurs clans. C'est déjà arrivé, il y a plusieurs années de cela.

Kimura regarda les nuages et sourit. Il comprit aussitôt ce qu'il avait à faire. Cette fois, il avait beaucoup mûri. Cette fois, il était devenu un homme. Un homme qui n'avait plus peur de rien.

Un homme qui allait entrer dans une plus grande famille.

La réponse à sa question était là, tout en dessous de lui.

Il fit demi-tour et entra à l'intérieur. Osami, qui l'attendait derrière la porte, le suivit. Il s'apprêtait à ouvrir la porte de la salle, mais Kimura s'était finalement arrêté sur le ponton. Il regarderait tous les hommes qui attendaient le verdict avec inquiétude. Tous ces hommes avec ce même regard d'incertitude sur l'avenir. Ce même regard qu'il avait eu un temps. Mais ceux-là n'étaient pas n'importe qui. C'étaient maintenant ses hommes ! Ils étaient sa future famille ! Comme tous les membres qui entraient dans un clan de Yakuza. Une grande famille !

Ogawa et Nishima sortirent de la pièce et se regardèrent avant de porter de nouveau leurs yeux sur Kimura. Ils avaient déjà vu cette même expression une fois. Lors de la course avec cet autre pur-sang. À sa posture et à sa façon d'être, ils comprirent que Kimura avait pris sa décision. Ce n'était plus le frêle jeune homme qu'ils avaient devant eux. Non, cette fois c'était un homme. Un homme sûr de lui.

— Messieurs ! commença-t-il. Je sais que vous êtes inquiet de votre sort et je vous comprends. Je ne comprends pas moi-même le choix d'un oncle que je n'ai jamais connu. Je suis cependant fier de la confiance qu'il me donne. J'ai malheureusement été témoin, sans le savoir, de sa mort. Ce qui a failli également me coûter la vie. Si le clan Ogawa ne m'avait pas pris sous sa protection, je ne serais pas là aujourd'hui, pas là devant vous. Je connais vos inquiétudes. Vous tous ici, c'est vous qui avez fait ce que ce clan est devenu. Vous, votre travail et votre confiance en mon oncle. C'est pourquoi je vous annonce que je n'ai aucunement l'intention de le dissoudre ni de changer quoi que ce soit de ce qu'il a construit. Chacun restera à sa place. Ceux qui veulent changer pourront cependant en faire la demande.

Certains émirent un soupir de contentement et d'approbation.

— Je ne changerai pas ce qui a été fait. Je ne détruirais pas le travail que vous et mon oncle, aviez durement accompli pendant toutes ces années. Monsieur Nishima deviendra dorénavant mon homme de main s'il est d'accord, bien évidemment, avec la même confiance que mon oncle lui a accordée. Il continuera de diriger ce clan le temps que je me fasse la main et prenne connaissance de mon futur travail. J'espère ne pas vous décevoir et que vous m'accorderez la même confiance que vous avez accordée à mon oncle.

Des cris de joie et de soulagement retentirent dans tout le bâtiment. Il s'en suivit des sifflements et des applaudissements.

— Alors ça, si je m'attendais à ça ! dit Nishima totalement sous le choc.

— Il a grandi trop vite, notre petit Kimura ! fit Osami.

— Oui, vraiment trop vite, confirma Ogawa. Combien de cheveux blancs je vais avoir cette fois !

« Je suis dorénavant lié corps et âme aux Yakuza jusqu'à la fin de ma vie... Des regrets ? Non, aucun. Car j'ai enfin trouvé ma voie. J'ai enfin

trouvé le bonheur et la joie d'appartenir à une
grande famille. Mais surtout, la joie de vivre... »

FIN

REMERCIEMENTS

Ce roman fait partie des tous premiers que j'ai écrits. C'est aussi l'un de mes préférés et celui de Typhaine. Comme tout premier récit, il comportait malheureusement de nombreuses erreurs de débutants. Il a donc heureusement subi de nombreuses corrections depuis.

Je voulais remercier Ourson, pour la relecture et la correction des débuts.

Je remercie également Sylvie Douart pour la conception de la couverture. Celle qui était dessinée en manga. (Malheureusement, définitivement perdu lors du crash de mon ancien PC)

Je remercie aussi Nakagaki Hitoshi pour la traduction japonaise.

Je remercie tous ceux qui ont cru en moi, en ces débuts incertains.